Dážď slivkových kvetov

伊莎贝拉的中国情人

Elena Hidvéghyová

[斯洛伐克] 爱莲娜·西德维格优娃 / 著

荣铁牛 / 译

南方出版传媒
花城出版社
中国·广州

图书在版编目（CIP）数据

伊莎贝拉的中国情人／（斯洛伐）爱莲娜·西德维格优娃著；（斯洛伐）荣铁牛译. -- 广州：花城出版社，2022.1

（蓝色东欧／高兴主编. 第7辑）

ISBN 978-7-5360-9491-8

Ⅰ. ①伊⋯ Ⅱ. ①爱⋯ ②荣⋯ Ⅲ. ①长篇小说－斯洛伐克－现代 Ⅳ. ①I525.45

中国版本图书馆CIP数据核字(2021)第178017号

合同版权登记号：图字19-2019-183号
Elena Hidvéghyová，Dážd' slivkových kvetov
Copyright © 2011 by Elena Hidvéghyová
Published by SLOVART
All rights reserved

出 版 人：	肖延兵
丛书策划：	朱燕玲
出版统筹：	李倩倩　夏显夫　欧阳佳子
责任编辑：	杜小烨　欧阳佳子
技术编辑：	凌春梅
封面供图：	子夏
装帧设计：	棱角视觉 ANGULAR VISION

书　　名	伊莎贝拉的中国情人 YISHABEILA DE ZHONGGUO QINGREN	
出版发行	花城出版社 （广州市环市东路水荫路11号）	
经　　销	全国新华书店	
印　　刷	恒美印务（广州）有限公司 （广州南沙经济技术开发区环市大道南路334号）	
开　　本	880毫米×1230毫米　32开	
印　　张	6.875　2插页	
字　　数	120,000字	
版　　次	2022年1月第1版　2022年1月第1次印刷	
定　　价	59.80元	

本书中文专有出版权归花城出版社独家所有，非经本社同意不得连载、摘编或复制。
如发现印装质量问题，请直接与印刷厂联系调换。
购书热线：020-37604658　37602954
花城出版社网站：http://www.fcph.com.cn

伊莎贝拉的中国情人

目 录
CONTENTS

记忆，阅读，另一种目光（总序）/ 高兴 / 1
致中国读者的信（作者序）/ [斯洛伐克]
　　　　　　爱莲娜·西德维格优娃 / 1
认识并忠于自己的内心（译者序）/ 荣铁牛 / 1

第一部分　庄严的快板　/　2
第二部分　充满激情地　/　73

记忆，阅读，另一种目光

（总序）

高兴

昆德拉说过："人的一生注定扎根于前十年中。"我想稍稍修改一下他的说法："人的一生注定扎根于童年和少年中。"童年和少年确定内心的基调，影响一生的基本走向。

不得不承认，二十世纪五六十年代出生的人都有着不同程度的俄罗斯情结和东欧情结。这与我们的成长有关，与我们的童年、少年和青春岁月有关。而那段岁月中，电影，尤其是露天电影又有着怎样重要的影响。那时，少有的几部外国电影便是最最好看的电影，它们大多来自东欧国家，几乎吸引了所有人的目光，看那些电影的日子是我们童年的节日。在某种意义上,甚至可以说,它们还是我们的艺术启蒙和人生启蒙,构成童年最温馨、最美好和最结实的部分。

还有电影中的台词和暗号。你怎能忘记那些台词和暗号。它们已成为我们青春的经典。最最难忘的是《瓦尔特保卫萨拉热窝》。"'空气在颤抖,仿佛天空在燃烧。''是啊,暴风雨来了。'""看,这座城市,它就是瓦尔特。"简直就是诗歌。是我们接触到的最初的诗歌。那么悲壮有力的诗歌。真正有震撼力的诗歌。诗歌,就这样和英雄主义和浪漫主义,紧紧地连接在了一起。

还有那些柔情的诗歌。裴多菲,爱明内斯库,密茨凯维奇。要知道,在二十世纪七八十年代,读到他们的诗句,绝对会有触电般的感觉。而所有这一切,似乎就浓缩成了几粒种子,在内心深处生根,发芽,成长为东欧情结之树。

然而,时过境迁,我们需要重新打量"东欧"以及"东欧文学"这一概念。严格来说,"东欧"是个政治概念,也是个历史概念。过去,它主要指波兰、捷克斯洛伐克、匈牙利、罗马尼亚、保加利亚、南斯拉夫、阿尔巴尼亚七个国家。因此,在当时,"东欧文学"也就是指上述七个国家的文学。这七个国家,加上原先的民主德国,都曾经是以苏联为首的华沙条约组织的成员。

一九八九年底,东欧发生剧变。此后,苏联解体,华沙条约组织解散,捷克和斯洛伐克分离,南斯拉夫各共和国相继独立,所有这些都在不断改变着"东欧"这一概念。而实际情况是,波兰、捷克、匈牙利、罗马尼亚等国家甚至都不再愿意被称为东欧国家,它们更愿意被称为中欧或中南欧国家。同样,不少上述国家的作家也竭力抵制和否定这一概念。在他们看来,东欧是个高度政治化、笼统化的概念,对文学定位和评判,不太有利。这是一种微妙的姿态。在这种姿态中,民族自尊心也发挥着不可估量的作用。

但在中国,"东欧"和"东欧文学"这一概念早已深入人心,有广泛的群众和读者基础,有一定的号召力和亲和力。因此,继续使用"东欧"和"东欧文学"这一概念,我觉得无可厚非,有利于研究、译介和推广这些特定国家的文学作品。事实上,欧美一些大学、研究中心也还在继续使用这一概念。只不过,今日,当我们提到这一概念,涉及的就不仅仅是七个国家,而应该包含更多的国家:摩尔多瓦等独联体国家、立陶宛,还有波黑、克罗地亚、斯洛文尼亚、塞尔维亚、黑山等从南斯拉夫联盟独立出来的国家。我们之所以还能把它们作为一个整体来谈论,是因为它们有着太多的共同点:都是欧洲弱小国家,历史上都曾不断遭受侵略、瓜分、吞并和异族统治,都曾把民族复兴当作最高目标;都是到了十九世纪末二十世纪初才相继获得独立,或得到统一,第二次世界大战后都走过一段相同或相似的社会主义道路,一九八九年后又相继走上了资本主义发展道路;之后,又几乎都把加入北约、进入欧盟当作国家政策的重中之重。这二十多年来，发展得都不太顺当，作家和文学都陷入不同程度的困境。用饱经风雨、饱经磨难来形容这些国家，十分恰当。

换一个角度，侵略，瓜分，异族统治，动荡，迁徙，这一切同时也意味着方方面面的影响和交融。甚至可以说，影响和交融，是东欧文化和文学的两个关键词。看一看布拉格吧。生长在布拉格的捷克著名小说家伊凡·克里玛，在谈到自己的城市时，有一种掩饰不住的骄傲："这是一个神秘的和令人兴奋的城市，有着数十年甚至几个世纪生活在一起的三种文化优异的和富有刺激性的混合，从而创造了一种激发人们创造的空气，即捷克、德国和犹太文化。"[①]

克里玛又借用被他称作"说德语的布拉格人"乌兹迪尔的笔为我们描绘了一个形象的、感性的、有声有色的布拉格。这是一个具有超民族性的神秘的世界。在这里，你很容易成为一个世界主义者。这里有幽静的小巷、热闹的夜总会、露天舞台、剧院和形形色色的小餐馆、小店铺、小咖啡屋和小酒店。还有无数学生社团和文艺沙龙。自然也有五花八门的妓院和赌场。布拉格是敞开的，是包容的，是休闲的，是艺术的，是世俗的，有时还是颓废的。

布拉格也是一个有着无数伤口的城市。战争、暴力、流

[①] 见伊凡·克里玛：《布拉格精神》，崔卫平译，作家出版社，1998年，第44页。

亡、占领、起义、颠覆、出卖和解放充满了这个城市的历史。饱经磨难和沧桑,却依然存在,且魅力不减,用克里玛的话说,那是因为它非常结实,有罕见的从灾难中重新恢复的能力,有不屈不挠同时又灵活善变的精神。如果要用一个词来形容布拉格的话,克里玛觉得就是:悖谬。悖谬是布拉格的精神。

或许悖谬恰恰是艺术的福音,是艺术的全部深刻所在。要不然从这里怎会走出如此众多的杰出人物:德沃夏克、亚那切克、斯美塔那、哈谢克、卡夫卡、布洛德、里尔克、塞弗尔特,等等。这一大串的名字就足以让我们对这座中欧古城表示敬意。

布拉格如此,萨拉热窝、华沙、布加勒斯特、克拉科夫、布达佩斯等众多东欧城市,均如此。走进这些城市,你都会看到一道道影响和交融的影子。

在影响和交融中,确立并发出自己的声音,十分重要。不少东欧作家为此做出了开拓性和创造性的贡献。我们不妨将哈谢克和贡布罗维奇当作两个案例,稍加分析。

说到捷克作家哈谢克,我们会想起他的代表作《好兵帅克》。以往,谈论这部作品,人们往往仅仅停留于政治性评价。这不够全面,也容易流于庸俗。《好兵帅克》几乎没有什么中心情节,有的只是一堆零碎的琐事,有的只是帅克闹出的一个又一个的乱子,有的只是幽默和讽刺。可以说,幽默和讽刺是哈谢克的基本语调。正是在幽默和讽刺中,战争变成了一个喜剧大舞台,帅克变成了一个喜剧大明星、一个典型的"反英雄"。看得出,哈谢克在写帅克的时候,并没有考虑什么文学的严肃性。很大程度上,他恰恰要打破文学的严肃性和神圣感。他就想让大家哈哈一笑。至于笑过之后的感悟,那就是读者自己的事情了。这种轻松的姿态反而让他彻底放开了。借用帅克这一人物,哈谢克把皇帝、奥匈帝国、密探、将军、走狗等统统给骂了。他骂得很过瘾,很解气,很痛快。读者,尤其是捷克读者,读得也很过瘾,很解气,很痛快。幽默和讽刺于是又变成了一件有力的武器,特别适用于捷克这么一个弱小的民族。哈谢克最大的贡献也正在于此:为捷克民族和捷克文学找到了一种声音,确立了一种传统。

而波兰作家贡布罗维奇与哈谢克不同,恰恰是以反传统而引起世人瞩目的。他坚决主张让文学独立自主。在二十世纪三四十年代,贡布罗维奇的作品在波兰文坛显得格外怪异、离谱,他的文字往往夸张扭曲,人物常常是漫画式的,他们随时都受到外界的侵扰和威胁,内心充满了不安和恐惧,像一群长不大的孩子。作家并不依靠完整的故事情节,而是主要通过人物荒诞怪僻的行为,表现社会的混乱、荒谬和丑恶,表现外部世界对人性的影响和摧残,表现人类的无奈和异化以及人际关系的异常和紧张。长篇小说《费尔迪杜凯》就充分体现出了他的艺术个性和创作特色。

捷克的赫拉巴尔、昆德拉、克里玛、霍朗,波兰的米沃什、赫贝特、希姆博尔斯卡,罗马尼亚的埃里亚德、索雷斯库、齐奥朗，匈牙利的凯尔泰斯、艾什特哈兹，塞尔维亚的帕维奇、波帕，阿尔巴尼亚的卡达莱……如此具有独特风格和魅力的当代东欧作家实在是不胜枚举。

一方面，在某种程度上，东欧曾经高度政治化的现实，以及多灾多难的痛苦经历，恰好为文学和文学家提供了特别的土壤。没有捷克经历，昆德拉不可能成为现在的昆德拉，不可能写出《可笑的爱》《玩笑》《不朽》和《难以承受的存在之轻》这样独特的杰作。没有波兰经历，米沃什也不可能成为我们所熟悉的将道德感同诗意紧密融合的诗歌大师。但另一方面，需要注意的是，由于语言的局限以及话语权的控制，东欧文学也极易被涂上浓郁的意识形态色彩。应该承认，恰恰是意识形态色彩成全了不少作家的声名。昆德拉如此，卡达莱如此，马内阿如此，赫尔塔·米勒亦如此。我们在阅读和研究这些作家时，需要格外地警惕：过分地强调政治性，有可能会忽略他们的艺术性和丰富性；而过分地强调艺术性，又有可能会看不到他们的政治性和复杂性。如何客观地、准确地认识和评价他们，同样需要我们的敏感和平衡。

一个美国作家，一个英国作家，或一个法国作家，在写出一部作品时，就已自然而然地拥有了世界各地广大的读者，因而，不管自觉与否，他，或她，很容易获得一种语言和心理上的优越感和骄傲感。这种感觉东欧作家难以体会。有抱负的东欧作家往往会生出一种紧迫感和危机感。他们要用尽全力将弱势转化为优势。昆德拉就反复强调，身处小国，你"要么做一个可怜的、眼光狭窄的人",要么成为一个广闻博识的"世界性的人"。别无选择，有时，恰恰是最好的选择。因此，东欧作家大多会自觉地"同其他诗人、其他世界和其他传统相遇"（萨拉蒙语）。昆德拉、米沃什、齐奥朗、贡布罗维奇、赫贝特、卡达莱、萨拉蒙等东欧作家都最终成为"世界性的人"。

关注东欧文学，我们会发现，不少作家，基本上，都在出走后，都在定居那些发达国家后，才获得一定的国际声誉。贡布罗维奇、昆德拉、齐奥朗、埃里亚德、扎加耶夫斯基、米沃什、马内阿、史克沃莱茨基等都属于这样的情形。各种各样的原因，让他们选择了出走。生活和写作环境、意识形态、文学抱负、机缘等，都有。再说，东欧国家都是小国，读者有限，天地有限。

在走和留之间，这基本上是所有东欧作家都会面临的问题。因此，我们谈论东欧文学，实际上，也就是在谈论两部分东欧文学：海外东欧文学和本土东欧文学。它们缺一不可，已成为一种事实。

在我国，东欧文学译介一直处于某种"非正常状态"。正是由于这种"非正常状态"，在很长一段岁月里，东欧文学被染上了太多的艺术之外的色彩。直至今日，东欧文学还依然更多地让人想到那些红色经典。阿尔巴尼亚的反法西斯电影、捷克作家伏契克的《绞刑架下的报告》、保加利亚的革命文学，都是典型的例子。红色经典当然是东欧文学的组成部分，这毫无疑义。我个人阅读某些红色经典作品时，曾深受感动。但需要指出的是，红色经典并不是东欧文学的全部。若认为红色经典就能代表东欧文学，那实在是种误解和误导，是对东欧文学的狭隘理解和片面认识。因此，用艺术目光重新打量、重新梳理东欧文学已成为一种必须。为了更加客观、全面地翻译和介绍东欧文学，突出东欧文学的艺术性，有必要颠覆一下这一概念。蓝色是流经东欧不少国家的多瑙河的颜色，也是大海和天空的颜色，有广阔和博大的意味。"蓝色东欧"正是旨在让读者看到另一种色彩的东欧文学，看到更加广阔和博大的东欧文学。

二〇一三年十月三十一日定稿于北京

主编简介：高兴，诗人、翻译家，一九六三年出生于江苏吴江市。中国作家协会会员。国务院政府特殊津贴专家。现为中国社会科学院外国文学研究所研究员、《世界文学》主编。曾以作家、翻译家、外交官和访问学者身份游历过欧美数十个国家。出版过《米兰·昆德拉传》《东欧文学大花园》《布拉格，那蓝雨中的石子路》等专著和随笔集；主编过《二十世纪外国短篇小说编年·美国卷》（上、下册）、《伊凡·克里玛作品系列》（5卷）、《水怎样开始演奏》、《诗歌中的诗歌》、《小说中的小说》（2卷）等大型图书。主要译著有《文森特·凡高：画家》《黛西·米勒》《雅克和他的主人》《可笑的爱》《安娜·布兰迪亚娜诗选》《我的初恋》《索雷斯库诗选》《梦幻宫殿》《托马斯·温茨洛瓦诗选》等。

致中国读者的信

(作者序)

[斯洛伐克] 爱莲娜·西德维格优娃

亲爱的又远又近的中国读者:

家是心之所在……这是一句我们斯洛伐克的俗话,世界上几乎所有民族都有类似的说法。这是深刻的人类经验。更不用说几十年来,整个世界都在迁徙之中。到外国留学、工作、生活……对许多人来说已是家常便饭。我也不例外。

作为斯洛伐克考明斯基大学中国语言和文化系的学生(我们是斯洛伐克历史上的第一届),我很幸运:我和同学们可以一起前往中国留学两年,在那里提高我们的汉语水平、收集毕业论文资料……更不用说接收我们的学府是著名的北京大学。在首都，它不仅拥有顶尖的师资，还有最美丽的校园。那里有神秘的角落、湖泊、古老的建筑和独特的氛围。

要学好一门相隔遥远的异国语言没有其他捷径，到中国去学习是必经之路。必须强调的是，在大学期间（一九八九年至一九九四年），布拉迪斯拉发市只有几个中国人，其中一位就是我们的讲师，来自北京的李先生。正是他给我取了我至今仍在使用的中国名字：爱莲娜，与我的斯洛伐克名字"Elena"谐音。意识到这名字有点乡土味是到了中国以后的事，但我从来没有改过，我为它感到骄傲。欧洲没有荷花，我第一次亲眼看到是在北大的未名湖。

生活中的第一次……毫不夸张地说我可以把这句话应用到中国给我的几十种（如果没有上百种的话）事物、经历、情况和感受上面。

一九九一年九月，我第一次来到这个古老的国家，搬进了北大芍园留学生宿舍。那一刻起，我生命中最激动人心的篇章马上就开始了。原因有好几个。首先，我那时是第一次完完全全的自由身。在那以前，我一直是和父母、哥哥弟弟姐姐住在一起的。生活的内容就是用功学习，除去一些例外，几乎什么地方都没去过。现在情况发生了巨大的质的变化……大概不需要一一详叙了吧。

与中国人、中国文化的接触引人入胜……第二天我就买了自行车，开始探索校园和周围的地方。我发现大多数中国人都非常健谈、友好。大街上经常有人和我搭讪、找我说话，问我是从哪儿来的啊……自然又直率，我在自己国家没有经历过，感觉非常舒服。一九九一年我是以捷克斯洛伐克公民的身份来中国的，很有意思地发现中国人对我们国家还是有些了解的，很多人都知道布拉格、《好兵帅克》，还有《鼹鼠的故事》……

小吃如煎饼、冰糖葫芦、炸蛙腿、烤羊肉串等等。还有到外面餐馆里吃饭……我算是开洋荤了！那个时候我们国家还没有廉价的小餐馆……但北京至少有几千家……令人不可思议的是，我人生中第一次上麦当劳居然也是在一九九三年的北京，而不是在布拉迪斯拉发！美国快餐开到我的国家来要晚很多。

我不仅仅在留学生餐厅吃饭，也和中国朋友一起去中国学生食堂吃饭。我们常常坐在食堂外面的长椅上吃饭。有一次我用筷子吃饭的照片出现在阅报栏《校园生活》栏目里，照片下面写着"入乡随俗"四个字。当时我还不知道那个成语是什么意思，但我实实在在是那样亲身体会的。对我来说绝对自然又理所当然。有一些外国学生让我完全无法理解，他们一直在友谊商店购买外国食品，然后自己做饭。难道不就是以前一直吃的那些食品吗？回国以后又要吃的啊！

另一个崭新的维度是来自世界各地的外国人。我的家乡布拉迪斯拉发只是一个五十万人不到的小都市，那个时候外国人屈指可数。北京是一个迷人的对照。在宿舍里我从房间去公用洗手间，就走过了印度、日本、意大利、美国、埃塞俄比亚、俄罗斯……

还有在北京我感到非常安全，即使在半夜。那时我们会骑自行车去市中心、天安门广场……当时街上的车不多，主要是出租车和公交车，真是太好了。我感觉自己像一只自由的鸟。

由于当时没有手机，也没有互联网，与家人、斯洛伐克远隔千山万水……尽管许多同学经常给家里写信，但我记得有时候好几个星期我也没想过要给家里写信。我完全沉浸在一个新世界，尽情享受生活。我想当时给父母、兄弟、姐姐带来了不少痛苦……但是那个时候我真的没有意识到呢！

是的，在中国我有生以来第一次真正、充分地认识了自己，更加接近了自己的本质，并发现了自己不曾认识的方面……其中一些记录在这本小说里了。无论在当时还是现在，我都认为这是一个伟大的礼物。

在中国我开始写日记……在日记里我反复写过，中国是我的第二故乡。我在那里幸福又充实。如果要我去国外生活的话，那就只能是中国，更具体一点——北京了。正是在这里，一九九三年的八月孕育了我这本小说。那时我第一次感受到了文学创作的渴望和能力，这之前的整整二十三年都被锁在了身体里。是的，很奇怪，但确实如此。

在中国我也完全认识到了人的本质在很多方面都是相同的……对爱、理解、同情、尊重的渴望……进入到表层下面人实际上都非常相似……以前我只知道这个理论，但现在我能够充分、真实地感受。另外，我觉得中国人和斯洛伐克人的灵魂在某种程度上也很相似：我发现中国人非常好客、浪漫、细腻，喜欢收藏，喜欢唱歌，豪放不俗气……很多斯洛伐克人也有这样典型的性格。

尽管我到中国来的主要目的是留学和收集论文资料，但我并没有排斥男女朋友关系，我不止一次坠入爱河，包括和中国男人，其中有一个在一起的时间最长……分手以后，我心里产生了非常想把它写出来的愿望……因为我觉得好像是生活自己"撰写"了这个故事，太特别、太强烈了……一定不能让它消失。这个声音在我心里回响了很长时间。

本书里真实和虚构的比例其实并不重要。读者自己可以尽情去感觉、想象。像人一样，文字总有自己无形的力量。我最近读到这样一个观点，即作家只有在觉得不这样做就会死或发疯的情况下才应该写书……应该有如此强烈的冲动才写作！我很认同。我写完这本书花了二十五年的时间，其中好多年我没有动它，是因为我感到心有余而力不足，或者生活改变了方向，无法给予发生在中国的爱情故事时间和空间。但在那么长的时间里，我一直觉得必须把它写出来并出版于世，否则的话，我不甘心，所有那些文字以及文字的片段都在呼唤我。这个故事很久以前就在中国结束了，从这个意义上说，写完这本书是没有问题的。但问题是如何把握灵魂的多层性以及把我想写进书中的一些东西——纯粹属于个人的、爱情的，也包括心理的、汉学方面的……同时呈现出来。钥匙最后找到了，使我终于能够完成这本书。书中交错着多重意义，我以不同的图形——字体大小和类型——做了区分。有时一个无所不知的叙述者会进入故事，还有一些时候则有关于恋人的寓言故事或者从各种心理学著作中摘录的名言。我不知道为什么，但必须是这样的。

当一个男人和一个女人相遇并相爱时，这里面总有相同的预兆性和命运的必然性。但是这些关系有的可以维持一辈子，有的却只能维持几个月或一两年……这个我也是在中国才最终明白的。

我还想说：作为汉学家，我比较了解中国文化、语言和习惯等等，我的许多中国朋友对西方文化也很熟悉，读过很多西方的书，看过不少西方的电影，在国外留过学（书中的亮在法国学习过）。我们对"彼此"的文化有相当的了解，这是关系中极其重要的一扇大门，所幸这大门对我来说一直是敞开的。但是仅此并不足够，那个时候我第一次清楚地认识到，两人关系的和谐或不和谐还与某些完全不同的、深层的人性、本质的东西息息相关……远在任何外部障碍之上。

书自有其命运。毫无疑问，书籍及其翻译者、出版者之间也互有缘分。最后，我要衷心感谢策划编辑朱燕玲女士和本书译者荣铁生先生，因为没有他们的个人投入和热情，我的书可能永远也不会出现在你们——我亲爱的中国读者——面前。

认识并忠于自己的内心

(译者序)

荣铁牛

爱莲娜·西德维格优娃是斯洛伐克诗人、小说家、散文作家和翻译家。一九七〇年出生于斯洛伐克首都布拉迪斯拉发市(原属捷克斯洛伐克),父母都是建筑师。硕士毕业于斯洛伐克考明斯基大学文学院中国语言和文化专业。曾经在中国北京大学和上海华东师范大学留学、进修多年。毕业后作为汉学家进入斯洛伐克社会科学院东亚研究所工作。

西德维格优娃在工作之余一直潜心小说、散文和诗歌创作,是一个文坛多面手。虽然她在斯洛伐克文坛首先是以诗人形象出现的,但她的文学创作却开始于小说。人至中年时出版《致远古的姊妹》(2006)、《命运之男》(2008)和《第一物质》(2014)，确立了她在斯洛伐克文坛牢固的地位。她的诗歌曾被翻译成德文、法文、英文、捷克文在国外出版。在保加利亚出版了以《秋天的女人》为名的个人诗集，与另外四位斯洛伐克当代最著名的女诗人合作的诗集《斯洛伐克五位女诗人选集》也已经在塞尔维亚出版。《伊莎贝拉的中国情人》一书也被翻译成了英文准备出版。

她从二十三岁时开始创作《伊莎贝拉的中国情人》，二〇一一年由斯洛伐克最负声望的斯洛伐克艺术（Slovart）出版社出版，在斯洛伐克文学界引起了一场不小的轰动，并成了一本畅销书。

本书故事发生在二十个世纪九十年代的中国。成功的中国艺术家亮，中年离异，偶遇年轻美丽的斯洛伐克留学生伊莎贝拉。他喜欢美、女人和性。她喜爱中国文化和中国人，浪漫、幼稚。两个人的关系一开始就极不平等。他需要伊莎贝拉。他从她那里摄取创作的灵感，也获取肉欲的满足，但他不理解也不关心她的精神生活。痛苦的伊莎贝拉最终发现，人必须忠于自己的内心——上天植于每个人灵魂中的良心，决定和男主人公分手。分手后的情人，藕断丝连，三年后再次相逢。到底什么样的生活，什么样的男人，什么样的事业才能满足伊莎贝拉——一个拥有如此复杂灵魂的知识女性？随着小说故事情节的展开，伊莎贝拉逐渐找到了答案。这是一场年轻知识女性必经之战争，无数次灵与肉的博弈；这是一条对美好的肯定、向往和追求的人生成熟之路，一个对自我内心最深刻的认知过程。

众所周知,有很多肤浅的女性文学作品充斥着市场,供大众在茶余饭后消遣。可这本书不同。不同之处在于它的深度,在于它对人类灵魂的深刻剖析。十七年的创作时间跨度也从另一个方面给本书注入了足够的成熟、冷静和犀利。

本书首先是一部心理小说,作者通过大量的内心独白剖析了主人公的灵魂。它也可以说是一部哲理小说,这一点在我看来十分珍贵。读者,尤其是面临选择配偶和事业的年轻人,可以从中学到很多智慧。例如,"那个时候我还没有完全明白,许多关系并不是要维持一辈子的。正因为如此,知晓在哪个恰当的时刻离开至关重要。不是怯懦逃生,而是有尊严地离去……在与另一个人的关系开始将你毁灭、蚕食、毒死或者腐蚀之前。保全内心世界的完整为最基本、神圣、永恒的法律。"这样的智慧之语何其强大、有力,而且,竟然是出自一位二十三岁的年轻女性之口!

本书的另一个特点是音乐性。不仅仅是用音乐术语命名的本书两个部分的标题,文字上也具有多个层次,就像音乐中的多声部一样。标准字体的第一"声部"是故事主干;第二"声部"空白处小字是作者十几年后对当时情况的评论、感想以及与本书内容相关的读书摘录;第三"声部",正文中的斜体部分,是一位无所不知的旁叙者在评论、揭示男主人公的内心世界……倾听内心声音这个主旋律贯穿了全书。还有几个重要的主题,例如,"灵魂也有自己的历史,就像世界或者整个宇宙一样……"也重复了多次。一则关于永恒爱情的寓言也重复了好几次,虽然每次都略有变化。这些都颇有音乐作品的特性。

本书不少篇幅有诗歌的痕迹。如果适当分句,则完全可以当作诗歌来欣赏(所以也可以说本书是一本抒情诗般的小说)。细心的读者在阅读过程中自己一定会发现。

斯洛伐克是一个文化大国,但是这一点,因为她太年轻还不为世人所知(一九九三年从以前的捷克斯洛伐克独立出来到现在也只有二十几年的历史)。斯洛伐克有很多优秀的作家和诗人,等待世界的发现。

我之所以首先选择翻译《伊莎贝拉的中国情人》(第一本译成中文的斯洛伐克小说),有几个原因。

首先,是因为作者对中国人和中国文化的喜爱,汇集和见证于本书中,值得中国读者了解。作者还在小说里介绍和评论了中国人和中国文化,例如儒家思想、道家思想、气功、苦行、养生、饮食、古代艺妓等等。我相信,中国读者会对外国人如何看待自己和自己的文化特别感兴趣。

其次,虽然成千上万的外国人、汉学家在中国学习、工作过,也有和中国人恋爱、结婚的,但日后成为作家,并把自己在中国的生活写成小说的,除作者以外我还没有听说过。这是一本非常独特的、与中国有着千丝万缕联系的小说。本书的故事发生在中国,时间上离现在也很近,书中主要人物除主人公伊莎贝拉外,都是中国人。

最后一个我认为不太重要的原因,是因为作者与中国特别的缘分:她是我的妻子,我们一起育有三个女儿。一九九一年,我们开始谈恋爱后通了很多信(那个时候还没有普及电子邮件、短信这样方便的交流方式），都是用的英文（当时她的中文还没有达到后来的高水平），但我从她的英文信中看到了她的文学才能，十分明显。那个时候我常去北大看她，发现她是很少几个去中国学生食堂吃饭的留学生之一。还有，我们在街上的时候，她对修自行车的师傅、路边的小贩、餐馆服务员、打扫卫生的阿姨等普通老百姓的友善态度和兴趣都显明了她的个性。她对人、对生活始终兴趣盎然。我从她的文才和个性中看到了一位未来的作家。

二〇一四年至二〇一五年，我在斯洛伐克考明斯基大学文学院攻读斯洛伐克语言文学专业时翻译了这部小说。本书深刻的思想、优美的语言、诗意的修辞以及音乐般的结构都使我相信，它能够从世界文学中脱颖而出。

总而言之，我相信《伊莎贝拉的中国情人》会启动斯洛伐克文学在中文世界的介绍，加深两国人民之间的相互了解和友谊。

最后，我想真诚地感谢花城出版社，感谢本书作者的伯乐朱燕玲主编，感谢她多年来对我翻译本书的关心、鼓励和支持！

二〇一九年十二月于布拉迪斯拉发

献给我的女儿：
贞德、千之和德兰

回去,不要跨出自己的心门。
真理在人心里。
　　　　　　　　——圣奥古斯丁

第一部分

庄严的快板

灵魂也有自己的历史，就像世界或者整个宇宙一样。在个人灵魂的历史中，一天，甚至一个瞬间，都可以和人类历史上任何一个值得纪念的伟大日子相媲美。唯一的区别是，绝大部分情况下它在世界面前躲藏了起来。尽管如此，这些故事就在我们身边，到处都是，令人震撼。说出来的或者还没有说出来的，永远被关闭在灵魂深处的，仅仅保留在宇宙精神结构中的，还有一些用文字记录下来了。通过媒体传播出去了的，甚至被拍成了电影的。什么形式其实一点也不重要。或者，重要吗？

* * *

北京，一九九三年八月十九日。

巨大花瓶里的插花已经开始腐烂。花瓶拱形弧面下散落的佳静安定药片中间有一个小药瓶。上面的大红标签上印着两个光彩夺目的金色汉字——劲魂——力之魂。据说这昂贵的深棕色液体是用虎睾丸和百年人参酿造的。我挺信的。我机械地拿起它，像每天早上的仪式一样，另一只手则打开收音机。我似乎迫切需要把夜晚的异味驱赶出去。我梦见了血。很多很多暗红的血，从我的身体里流出来，止也止不住。

大概是十一点多一点。礼拜天的固定节目——"保持联络"的开场音乐响起来了。电台女主持人矫揉造作地说着话，速度飞快："……我们希望您和我们一起共度这个美丽的上午。"听声音肯定是一位消瘦、浓妆艳抹、留着长长漆画指甲的年轻姑娘。但实际上……谁知道呢。然后好像随意提到了几个西方演艺界名人的奇闻逸事：大明星N·Y和未婚夫分手的丑闻，世纪拍卖中的奇异细节：大画家E·W的遗留物品中不仅仅有画作，他使用过的假发和香水瓶都以天文数字般的价格拍卖出去了……"好吧，让我们回到快速无痛减肥这一主题来吧！在我们北京的演播室，我们特意为各位朋友请来了著名的减肥专家任先生。"

谢谢，我不需要。我早就知道，人有时候会一夜之间就瘦下来，而发胖的时候呢？那是拦也拦不住的。我才不在乎什么名人的私生活呢！我自己就和一位名人在一起生活了很长一段时间。如果他愿意的话，他是可以经常上媒体的。

是的，初看起来似乎世界上的一切都是围着媒体转的。为了得到媒体的青睐而争斗，与它们搞好关系，学会兜售自己……布拉迪斯拉发、北京，到处都是如此。如果一个人想在社会上飞黄腾达的话，这是不可避免的。这一定律适合于大部分人，只有天才才能例外。

保持联络——这让我想起了某家著名的公司最近使用过的广告词："我们在这里竭诚为您服务，请和我们联系。"非常愚蠢。还有用阴气十足、讨厌的娘娘腔说出的令人生疑的广告词："别忘了，你们永远是我们最重要的人。"当然了，我会和你们联系,告诉你们我的情况的!告诉全世界——我没有别的选择了!哼!我苦笑了一声,带着极大的反感把收音机关了。

今天化妆的时间似乎特别长,长期训练过的化妆技术虽然娴熟,结果却一直不能让自己满意……心里有一种压制不住的欲望,想要自己比任何时候都美。

亮……他在干什么呢?

也许又在工作室熬了夜,但早就起床了,正坐在地板上,抽着烟,欣赏给我买的花——芬芳又脆弱的鲜花。在丰富的想象中幻想我的身体、我的肌肤和头发的芳香、我们做爱时喜欢用的物品……他拥有我,我属于他,至少我的身体……他陶醉在这感觉中。

谁知道他把那本画册放到哪里去了。那是我钟爱的一位欧洲画家的画册,上次我忘在他那里了。那位也是毫无例外地只画女性,只是他生活在一百多年前。他画的大多是上层社会的女性,穿着领口低阔的华服,佩戴着许多珠宝。我能闻到她们身上的脂粉和不太精细的香水味(时不时还能闻到混杂其中的汗味)。画里有很多金、银、宝石、珍珠、丝绸和胭脂盒,合在一起形成了令人惊叹的衬托和装饰,出奇地精致。还有那些无比丰富的色彩。那一切都令我无比着迷。

那本书是我在北京最大的一家书店偶然碰到的。当我兴冲冲地把这本书拿给亮看的时候,他只是简短地回了一句:

"我知道,很多人喜欢。伊莎贝拉,恕我直言,以我的欣赏力,那些画太做作了。"

那当然了!典型的他。起初的那一刻我无法掩饰我的失望。我曾经非常希望我们俩能够在一切事情,包括艺术品位和生活方式上——都和谐一致。(现在才知道那是多么幼稚。)幸好我们之间的分歧并不太多。

亮在欧洲生活了多年,回国以后还保留了许多欧式生活习惯。很多于中国人不太寻常的事物,他也和我一样懂得欣赏。例如用古董小瓷杯冲一杯香浓的咖啡,再用一把漂亮的小银勺将它搅匀……我想象着,差点说出声来,不自觉地,往今天的咖啡里加了过多的糖。

秋天的时候,他准备到布拉迪斯拉发来看我。我想带他去我最喜欢的爵士乐咖啡馆,然后去老城步行街散步,参观诸多画廊和博物馆。当然这里无法和巴黎相比。尽管如此,还是很值得体验的。我想给他看城堡下山腰上风景如画的别墅区。我的故乡在欧洲一条宽阔、壮丽的大河边上,我们亲切地把它称为"迷你小都市",自有它的魅力。和它高低弯曲的美丽地势相比,四四方方、平平整整的北京是多么乏味啊!(不过,对于自行车爱好者来说却是一个无与伦比的优势。)我和亮甚至计划好了要游遍整个斯洛伐克。

他肯定什么也没有意识到。他去外地好几天了,直到今天我们才终于要见面。他经常给我打电话,但每次都是重复那几句话,我都可以倒背如流了。他真是那样想的吗?见鬼！谁弄得清楚呢?!

不，你不能对他那样做。你太残忍了。脑海里有一个声音在回荡，不停地缠着我，控制不住，赶也赶不走，并与另一些声音在疯狂地搏斗，直到最近一直占据着上风。最后这几天因为他出门，我赢得了至关重要的观察距离。不仅如此，前天晚上我还做了一个奇怪的梦，十分生动，完全可以拍成一部简短的默片，里面只有音乐和伴有回声的模糊人声。

阴暗的城堡。我迷失在迷宫般的走廊里，找不到出口。在一个地方我遇到了几拨身着西装、疯狂狞笑的男人。我浑身起了鸡皮疙瘩。我不属于这里。我不知道我从哪里来，也不知道要往哪里去。所见之处立刻笼罩了一层无情的令人窒息的灰雾，（镜头特写：潮湿、满布蜘蛛网的高墙上肥胖的黑色甲壳虫在爬行。它们生着长长的脚和更长的触角。）霉烂的气味。我没有尖叫，也没有哭泣，也没有问任何人任何事。我什么也不期待。（阴森的音乐逐渐加速。）我被一种奇怪的空虚充满，跟随着我的眼睛，半死不活地踉跄前行。

过了一段时间后，我发现自己处在一个狭窄的院子里，头上顶着光秃秃的天空。（电影仍是黑白的，画面变得模糊，阴森的音乐越来越快，直到极速紧张①。）院子尽头的墙上缓慢浮现出一扇小木门。我慢慢地、略带疑心地试图推开它。

---

① 原文为音乐术语。

没有上锁,上面只有一截树枝闩着,我一推,门就开了……刹那间,极其明亮的阳光撞入了我的眼睛,好一个色彩斑斓(*画面突然变得锐利,颜色也从黑白变成了彩色*)、清纯欢乐的世界!远方有一群年龄和我相仿的年轻人正在无忧无虑地嬉笑打闹。所有这一切都在我伸手可及之处,近得令人难以置信。那一刻我惊呆了。缓过神后我立即冲向他们,宛若迫不及待的孩童。等我到他们身边的时候,发现在路上丢了一个非常宝贵的戒指——亮送给我的礼物。我戴有点大了。在第一时间我本想回头去找。念头一闪过后,我明白了,其实我不需要它。我对它突然萌生起了一股令人吃惊的冷漠,带着这种感觉我醒了过来。

  这个梦给了我极大的帮助。那是一个明显的征兆、一个馈赠,它给了我面向未来的信心和把握。这一点我准确无疑地感受到了,并对它无比感激。虽然我早就觉察到了一些无声的警告,可是我忽视了它们。我总是混淆爱与同情、同情与自我毁灭这两对概念。然而,在半睡半醒的昨夜我终于做出了决定。有什么在催促我,要我一分钟也不耽搁,马上去实行这个决定。人不许自我欺骗,什么也不许掩盖,我轻声地对自己重复。否则自己的身体和灵魂都将付出惨痛的代价。可是,我那过分为他人考虑的性格以及自我牺牲综合征真是该死!这肯定是隐性遗传。不能怪自己。我父母都很正常的。也没有任何人培养过我这样的性格。这是可以培养出来的吗?对此我持怀疑态度。同情心当然不能作为婚姻的基础，他也必须承认这点。

必须吗？

镜子里的我终于让自己有点满意了。最后我还拿着小镜子从边上查看了一下，给发型做最后的修整。

他怎么从来都没有想过在精神上关心我呢?！不是比我大十九岁吗？生活经验不是比我丰富得多吗？难道没有眼睛？或者那么完美地欺骗了他自己？是的，和我在一起他很舒服。我随时可以满足他的需要——任何方面的需要，甚至都不需要他明确提出。我对他发自内心的无限敬意和钦佩，对我来说就像一剂剂加强型的春药。这和缺少自尊（我妈妈的看法）并没有什么关系。是我自己要这么做的。我喜欢这样做。

我们俩经常在一起"云雨"（嘿！中国人可以把男女交合说得这么诗意、文雅!）。说经常还不够，应该是十分经常。他从云雨里补充到了巨大的能量。他对我、我身体的能量、我的皮肤、触摸和体香的依赖，让我在虚荣中着迷。他被我迷住了。他还说我阴气很旺。

有一次他甚至在我面前坦承有点怕我，但仅仅一次。还说我对他拥有绝对权力。这让他既感到恐惧又觉得刺激。但我觉得他有点夸张了。我自己倒没有那样的感觉，虽然我也有点自恋和自负。就一点点，像每一个正常的女人那样。但我永远也不会滥用自己的权力。猛兽般冷血的性格于我是陌生的。

从某个时候开始，我内心深处产生了一种反抗、反叛的想法，要把我从他身边拉开。他却视而不见，寻求回避，不想解决这个问题。事实上唯一的解决办法就是分手。早该这样了。他是一个可怕的、不为他人考虑的自私的家伙……转眼又觉得冤枉了他，于是在心里求他原谅。啊，亮！

那个时候我还没有完全明白，许多关系并不是要维持一辈子的。正因为如此，知晓在哪个恰当的时刻离开至关重要。不是怯懦逃生，而是有尊严地离去。正确明智地，符合自己的心声地，离去，在与另一个人的关系开始将你毁灭、蚕食、毒死或者腐蚀之前，离去。保全内心世界的完整为最基本、神圣、永恒的法律。

我在上衣开口低胸处夹了一朵半透明的丝质玫瑰。一身黑色，配一副前卫的深色眼镜，准备好出门了。但到了门口我又突然转过身来，脱了鞋，跳上床去盘腿坐了一会儿。

真奇怪：我十分喜欢这淡蓝色的床套，上面有大大的、色彩浅淡的花朵，轻快柔和，没有边界、没有轮廓，如同我的梦一样，柔软、圆滑，愉悦地抚摸我。然而，如果要我今天穿这样色彩和图案的衣服出门的话，我一定会发疯的。

谁知道，今天世界上有多少人从窗口跳下去了呢？

这是最悲哀的一天。极紫和极银的色调。我要告诉亮，我已经坚持不下去了。我要离开了。永远地……哦,天主!刹那间我感到极其恐惧,深吸了一口气。我的眼光凝聚在床头柜上。混乱之中那个上面写着"劲魂"两个闪亮汉字的药瓶映入了我的眼帘。力量有灵魂吗?(译成"能量之魂",或者"力之精髓""力之本"也是可以的。而作为一个斯洛伐克女孩我肯定会把它理解为"生命灵药"。)我毫不犹豫地又喝了一小口,虽然按照说明书每天只能喝一小口的……我不由自主地从枕头下把我最宝贵的东西锦缎贴面的金绿双色笔记本取了出来。厚厚的本子上写满了我读到的有意思的思想、观点、格言、警句以及我的见解和注释(大部分都是用铅笔写的,偶尔也用过钢笔或者圆珠笔)。除了文学、哲学和神学以外,还有心理学和精神病学书籍、文章的摘录。

笔记本中所记录的主要是关于人的灵魂和精神活动方面的观点。我在他人那里发现的和自己内心产生完美共鸣的思想。从某种意义上说,就好像是我自己的一样。缎面笔记本对我来说极其重要,甚至可以说是我存在的一个有机部分。可以将它形象地比喻成我的第二头脑或者外脑。嗯,外脑,这个词最贴切不过了。如果不幸把它弄丢了的话,那就意味着我不仅仅失去了一小块头脑,还有一部分灵魂。

那个时候,文字、图片等还没有保存在计算机(在中文里有一个非常形象的称呼——电脑)里面。不过,至今为止我还是用漂亮的小字把"外脑"中的数据记录到大大小小的笔记本上。我喜爱纸,喜爱它的触感、翻动时的响声和气味。据说正是中国人发明了纸呢!这真是发明之王。白色的金子。为此我非常感谢中国人。

缎面笔记本里最后几页是我最亲密、最隐私的部分——那里是我不成功的诗歌创作尝试和半成品。随便翻开一首,我最早的创作,半年多前写的,暂定的标题为《悖论》。我想把它译成汉语后赠给亮。根据中国人的优雅习惯,赠言应该写成"给我温柔的、珍爱的老师"之类。事实上我想过用更俗气一点的赠词。但是,谁知道哪天谁会读到这首诗呢?!任何写出来了的东西,总是有点脆弱和微妙的,还是含蓄一点的赠言更稳当些。

这首诗最后也就只是这样一个草稿:

更紧地、更有力地像

传说中的伊丹大蛇那样

缠缚我水晶般纯洁

沉睡的身体

而我将蜕皮

重生

几个月前我还相信我真的是重生了。现在我明白，这首诗没有任何意义，就这样永远不要结束好了。真是令人难以置信，也让人可怜，自我欺骗可以把人蒙蔽到何等程度啊！其实，开始的时候——我们的关系刚刚开始的那阵子——我确实是那样感觉的。我重生了，还是没有？现在我自己也不清楚了。我在满是烟蒂的烟灰缸里急速掐了烟，就差站起来走出去了。带着胜利者的姿态，却又低着头。

我最后检查了一下我的包：亮的家门钥匙，玫瑰念珠上的十字架——自己的信物，化妆品和药品小包，梳子，妈妈给我的最后一封信（信封上的邮票好漂亮，这封信的内容我几乎全部都能背出来），姜糖，丝绸面小记事本和笔，香水，钱包……什么都有。甚至还有几个避孕套，虽然我知道今天是不会需要了，可我还是把它们留在了包里面。最后再放了一包面巾纸。我一身黑衣，高跟鞋也是黑的，慢慢走向门口，像是要去参加一场葬礼似的。谁的葬礼啊？

在街上我的膝盖好几次软了下来，人感觉要倒下去似的——因为极度疲劳和饥饿。屋里几乎连塞牙缝的食品也没有了，橱柜里只剩下了一碗米、两包面条和几瓣大蒜。

* * *

天安门广场边。我走进了北京市中心最大的一家西式快餐店。这种类型的快餐店在中国还是头一家，一个非常诱人的地方，开业才几个月。外国人也和中国人一样成群结队地到这里来，让人联想起一个巨大的蜂窝。可以毫不夸张地说，这是一千二百万人大都市市中心的世界民族十字路口。我在这里总是感到很舒服，西方音乐更增强了这里独特的、非中国式的气氛。

除此以外，这里离亮的公寓也很近，步行只需几分钟，到这儿来也是顺路。有时候我们俩一起来，楼上一张双人椅经常等着我们，坐在那里可以极好地欣赏中国最热闹的大街之一——王府井大街的街景。我独自一人的时候，可以在那里待很长时间。如果哪个男人想在我身边坐下的话，我就会做一个"请不要坐"的手势。我在这里欣赏街上的生活，写了许多关于中国人的感想，有时也会读点什么。一般去楼上的人并不多（对中国人来说，这里要不是太贵了，要不就是和中国风味的餐馆相比太单调乏味了），所以我们最喜欢的那个双人椅常常是空着的。今天我却没有在这里待多久。

急性饥饿感消失了。很特别，今天也没有点甜食，只喝了一杯加糖的咖啡。此刻这个纸杯子和代替勺子用的塑料小棒真有点让我讨厌了，可是别无选择。我猛然起身碎步下楼，然后朝门外跑去。一秒钟都不想耽搁了。墨镜把我包裹在一个相对安全的匿名长袍中。最后一口舒服的空调冷气，最后一首常青老歌的几个音……然后干脆地跨出门，再一次冲入八月北京令人窒息的热浪之中。

吃午饭的时候我就发现已经断烟了，好在北京街上几乎每个角落都有卖烟的小摊。我在第一个烟摊前停了下来。摊主是一个女人，这不是很常见。她坐在人行道上一个小小的板凳上，身边不大的木盒子里摆满了各种牌子的香烟，色彩斑斓。只要是人能想出来的进口香烟牌子这里都有，中国烟也同样多。我抽的是"飞马"。我虽然不知道飞马的传奇故事，但我特别喜欢烟盒上那匹红棕色的骏马腾飞的样子。

"您吃了吗？"卖烟的女人非常友好地跟我打招呼。

我心想：管什么闲事呢？！但很快我就明白了，这只是午饭时分最最普通的问候而已。她的随和开朗也让我有点吃惊。那时我一点心情也没有。正在黑色大包里翻找钱包的时候，我又开始狂咳了起来。那一刻我想急速告诉她，我的肺已经被熏坏了，也许我已经病得很重，快要死了……但是我控制住了自己。面对她友好的问候只是在墨镜后默默地点了点头。

我应该向中国人学习：在外尽量表现得友好、乐观，不抱怨，也不麻烦别人。他们也特别不喜欢谈论病，更不会谈论其他不愉快的事情。为什么要把抑郁带给这样一个阳光灿烂的美好日子呢？

付完钱道谢之后我就匆匆离去了。直接去他那里，一刻也不延缓。

*　*　*

"告诉我,"亮突然紧紧抓住我的手,随后意志力又让他松开了,"你真的必须这样做吗?"轻轻地又加了一句:"伊莎贝拉,我需要你……你不能留在我身边吗?"

我低下头来。

他拥有一个丰富的幻想世界。他想要在那个童话世界里尽情地生活。毫无疑问,那个世界里最重要的位置属于我,我应该感到高兴才是,它应该能从精神上提升我。

难道我真的必须离开吗?

在我们相处的这段时间里,这个问题我已经问过自己千百遍了。他给了我安逸的生活。生活在他身边我可以旅行,做自己喜欢的事。他常说,在我身边你什么都不会缺。

过一种不俗的生活,最理想的是做一个自由职业者。这很吸引我,否则的话,我大概活不下去。但是,他不理解我最近几个月来忍受的巨大痛苦。我觉得我对他、对自己都负有很大的责任。既不想让他也不想让自己失望,这很折磨我。他把我放在一个祭坛上,而我也拼命想把自己提升到离它尽可能近的地方,但并不成功。然而,这并不是唯一的问题。

"不,我没有别的办法。"过了一会儿我小声却坚决地说道。没有一丁点怀疑。

然后我们对坐着沉默了好长一段时间。万千尖细的小玻璃碎片在房间里旋转，然后深深地刺入我身体裸露的部分。究竟过了多长时间，我一点概念都没有。对自己极端的决心感到恐惧、震惊。这恐惧在我毫无准备的时候抓住了我。一会儿我又开始盘问自己，难道一切真像我所说的那样吗？会不会我弄错了呢？是不是应该收回刚才的决定呢？不久前我们甚至还在计划结婚的事情呢！

不！不行！我醒过来了。

其实，从我们的关系开始的时候，分手就无情地逼近了，连我自己都没有意识到。这是无数次的对话，尤其是在他身边的时候我的内心独白的结果。一切都已经被考虑和分析到了无穷小的细节。整整一年，全都说出来了。实现了。完成了。

真的是必须离开的时候了，一秒钟都不能再等。这个曾经对我来说整个中国最可爱的小房间的气氛，已经让我无法忍受了。我慢慢地起身，好像怕碰坏了什么，然后猛地向房门走去。

他却动都没动。

"圣诞节和生日的时候我们还是互相写信吧，好吗？想知道你活得怎样。"我略有些胆怯地问。

其实我自己都不知道，是否想、是否会给他写信。我只是拼命地想把我刚才留下的锐利局面稍微磨平一下。

"信就不写了。但是我会给你寄我的画和雕塑的照片。

一切你看了就会明白的。"他慢慢地说,像梦呓一般。

他的反应让我有点高兴,也给了我一点鼓励。每次和男友分手的时候我总是想和他们保持朋友关系,虽然至今为止还没有成功过。

整个过程他一眼都没有看我。

快到门口的时候,我站了一会儿。房间角落里的"厨房"几乎快被大大小小的咖啡杯淹没了。他一个人在这里的日子,咖啡都没法喝了。我想帮他把这些都洗了。甚至在我即将离去的这一刻,我都觉得这是我"女性的角色"(我希望我没有刺激有女权主义思想倾向的读者)。我还想在这里待一会儿,稍微收拾一下……我想向他提议,却突然卡住了。这个想法让我觉得有点荒谬,甚至缺乏诚意。还有,他肯定也不会同意的。

"好吧。那我就走了……"最后鼓起勇气。

"好的,你走吧。"他声音空洞、无精打采地回答道。

"再见,祝你好运!"

"也同样祝你……"

我很快地回看了一眼。

他在房间中间躺着,如同一棵被砍断了的树。他的视线固定在远方某个不明的地方。

我们在一起的这一年,在他这里我有过家的感觉。我们确定男女朋友关系一个星期后,他就把钥匙交给了我,说:"你任何时候来我都会高兴的。"听起来像是郑重的官方通知,或者上级长官下达的命令似的。

今天我想把钥匙还给他,因为我再也不需要了,可是他怎么也不接受。我却决心已定,执意要这么做。我默默地把钥匙放在门边的地上。这不属于我的东西。

那一刻我听到身后有一个微弱的声音,微弱到几乎难以听清:

"……请别关门。"

我出了门。再也无法回头。我害怕。他那湿润清澈的眼睛还目送了我好久好久。

我好像失去了理智般地在拥挤的市中心徘徊。路人盯着我看,有一些人甚至回过头来看我。对这一切我完全无所谓。我不知道当时我是在向外散发什么还是在燃尽消逝。那巨大的压力舒缓了。我感到像宇宙一般的轻盈、舒坦和难以描述的"纯洁",好像刚从死亡线上归来。听起来似乎有点慷慨激昂和夸张,可是当时的感觉的确就是那样的。

虽然我非常喜爱独处,然而那一刻我迫切需要和人,和活生生的人接触,哪怕只能以匿名的方式。突然间所有的人都让我觉得无比亲切,想为他们做点什么特别特别好的事情,帮帮他们。我用眼光抚摸了眼前每一个人,并在想象中和他们相亲相偎。我生平第一次被一种奇异又强烈的感觉淹没,神秘,甚至是神圣地与整个世界、它的命运和痛苦连成一体的感觉。

过了一会儿就到了中国最繁华的大街之一，尽人皆知的王府井。我在这里停留了片刻，带着惊叹观察着眼前的人们。他们戴上墨镜，回头看漂亮的女人，在风中抚平头发，看手表，在电话亭打电话（那个时候还没有手机），拦出租车，扔掉一次性纸杯，点烟，在门窗玻璃前察看自己的形象，走进美容院，买花，和水果摊小贩讲价，在心里算账数钱，思考如何从令人窒息的恋爱或婚姻关系中逃生，盼望彻底改变自己的生活，盼望把灵魂的断链重新连接起来。我感到心有余而力不足，还不如把这些想法抛开，抛到生活之外的远方。然而，它们时不时还会返回，力度更强，或者更弱一些。

很多人在痛苦地思考如何戒烟、减肥，用各种极端的减肥饮食方法折磨自己的身体。宁愿花很多钱在营养师面前受辱，每次门诊开始的时候专家总是赶他们上秤，然而指针却怎么也不愿意往下掉。大部分人都在恶性循环中挣扎。当我和亮在一起的时候，尤其是最近几个月，我吃得特别多，偷偷地吃，直到最近。

我偶然在一本杂志上读到，这叫贪食症。这词我以前从来没有听说过。我的表现是：半夜突然醒了以后，马上打开食品柜，毫不思考地就往喉咙里灌平时泡咖啡用的全脂奶粉和白糖，然后再补上几块巧克力（在宿舍里没有多大选择，除了上面这些东西外，可吃的只有饼干、黄油、葡萄干或者核桃仁了）。然后我会一觉睡到天亮。第二天我会觉得，夜间发生的一切只是一场与我毫不相干的电影而已。然而，贪食症也会在白天发作，都是在我独处的时候，和别人在一起的时候我就吃得很少。它折磨我，我感到自己像一个伪君子，并且……我长胖了。发作的时候，无法控制，脑子在那个时候是放空的——正是这种感受的魅力，令人陶醉，甚至可以说是一种狂喜的感觉。我身体的轮廓慢慢变了。根本没有想到，这是一种折磨全世界无数人，尤其是女性的心理疾病。

> 外脑记录：
>
> *关于身体*
>
> *如果我们认识更高的精神力量，我们的身体就不会如此粗糙笨重。身体器官和组织就会更加细腻，所需要的食物就会更少。因为身体处于有规律和单纯的运转状态，能耗就很容易补充。肉食、酒精等物品不仅不会强身健脑，清洁、给养身体，反而只会刺激身体和它的激情。如果精神在高贵的追求中获得快乐，对上述物品的欲望就会淡漠，过量吃喝等极端行为就会自然消失。*
>
> （绿色字体注释：例如还有吸烟……但是性呢?!）

我突然非常同情所有在绝望的情绪中因过量饮食而长

胖、萎靡、变得难看的男男女女，对各式各样的食物上瘾淹没了他们的空虚、幻灭和失败感。有一些人，我了解他们和伴侣的命运，他们在我脑海里一个接一个地浮现，想他们中有哪一些即使在不利的外部环境下仍然保持了身心的纯洁和魅力，以及最重要的，和最深刻的"自我"强烈又完好地接触。他们到底知不知道它呢？

在人海中漫无目的地徘徊了好久。受够了这一切后，我开始发疯地想去全中国唯一一个属于我的地方独处一会儿。那是不久前我离开宿舍后在市中心附近租下的一套空荡荡的小公寓。过了好长一段时间后我终于想把它好好地收拾布置一下了。

但是有一个声音劝我先去买点东西。保险起见，万一接下去的这几天我都不出门呢？！我并没有社交恐惧症，但是我不喜欢买东西。虽然家里已经没有什么可吃的了。至于减肥我是连一克都不想减了。

在中国买食品非常方便。到处可见一群群小摊小贩，直接就在人行道上兜售。优质的果蔬、肉以及人类能想出来的各种小吃、糕点……我非常喜欢一种甜食，是用竹签穿起的一串红果子，外面包裹着一层透明的焦糖，酸甜酸甜的，甚是好吃。还有，切成一小块一小块的羊肉用竹签穿起来，在炭火上烤熟，上面再撒上一种香香的斯洛伐克语不知道怎说的调料①。有时候我感到好像整条街都被这些餐馆、食品店和小摊贩占领了，但在我眼里它们却是北京满是灰尘的街头充满了异国情调的芬芳花朵。

说起食品，我在中国唯一缺少的只是一样最最普通的面包，那种有着深色松脆外皮的欧洲面包（不幸的是，那个时候中国食品店里卖的都是像棉花那样软软的甜面包）。凡是可以买到的物品中，还有一样东西没有：斯洛伐克文的书报杂志（那个时候人类还没有开始使用互联网）。我最缺少的是斯洛伐克的民间童话，世界上最美丽的民间童话，很多我都已经有点儿淡忘了。突然间我好想要这些童话啊！它们真的是太棒了，有一些涉及了人类的原始行为模式。

> 主人公常常需要去解救被符咒锁住的心上人，有好几种方式：例如把心上人的头砍下，切成三块并且把它烧掉；或者紧紧地把心上人搂抱在怀里，一直等到他（她）把各种各样的丑八怪变完为止；有时候则"仅仅"需要火热纯真的爱……可惜，用自己的力量去挽救另一个人的生命，把他（她）从成瘾的陷阱和精神疾病里拉出来，或者把他（她）灵魂受损的部分更换一个新的、健康的，在现实生活中（几乎）是不可能的。

---

① 此处指孜然粉。

童话里那些负有非凡使命的英雄和他们神奇的生活最让我着迷,它们非常准确地表达了"忠实自己"这个美丽又神圣的原则和信念,他们信任自己的心声,并且听从它的呼唤。斯洛伐克民间童话把他们追求理想和心声的历程,形象地比喻成"登玻璃山""寻找鸡蛋壳城堡""探访金梨子历险"或者"三个金柠檬之旅"等等。

童话只是看起来好像脱离了现实而已,其实里面深藏着智慧和真理。对此我从未怀疑过,无论是童年还是长大以后。例如对伟大、神奇、命中注定、无限浪漫的爱情的渴望和追求。它于我如同空气和水对生命那样基本和不可或缺。我很清楚,在爱的征途——不仅是婚前,还有婚后——都会有凶狠的豺狼、奸诈的仆人、邪恶的巫婆前来阻拦。无论是在中国、斯洛伐克,或者世界任何地方。两个相爱的人只有一起克服一切困难之后才会幸福(至少一个时期)。也许战胜逆境的力量和能力正是命定缘分的明证,谁知道呢?

亮和我都不必克服命运中的任何外部障碍:诸如背信弃义、诡计以及外来的阴谋等等。否则,我们可能早就会分手了。早很多。

我应该多吃水果——这是上次那个中国医生给我的建

议，有助于改善发质。最近半年来的精神紧张和熬夜损害了我的头发。偶尔我心血来潮也会想，去买几个漂亮的假发吧，市中心豪华的喜来登酒店一楼有卖的。什么颜色的都有，而且都是用真人头发制作的。如果我突然戴上用中国女性浓密的黑发制作的假发上街的话会怎样呢？熟人是否还能把我认出来呢？这得看谁了，那些生性敏感的人肯定可以。从背后看的话我是否会被巨大的中国人海淹没呢？或者相反，我的气质和走路的姿态还会暴露出我的真实身份吗？真的，如果中国人染了金发的话又会怎样呢？染发的时尚在这里也开始了，速度虽慢却已经扎下了根。当然，首先是从演艺界开始的。

奇怪得很。前一段时间妈妈给我写了一封信，信里描述了她的一个梦。那个梦把她吓坏了。她梦见我在中国生活了两年之后回家，她在机场等我。我的巨大变化简直把她吓死了。回家后我极其消瘦（她用了"厌食症般的"这个词语），眼睛下有巨大的黑眼圈，头上是剪得短短的黑发。

我很吃惊地把这封信念给了亮听。

"恐怕你妈妈非常担心你……"他含糊地说了一句。

"我想我应该给她寄一张我的照片去，好让她放心。"我自己想出了这个主意，随后也这样做了。

可是，妈妈是否从此就不担忧了，我不得而知。

再一次想象我在那个梦中的样子，缺乏一个关键细节：不管我外表如何变化，在机场的时候我看起来是否幸福呢？

根据妈妈的描述，这一点无法完全排除。一个疲倦的，甚至筋疲力尽的人同时也是一个幸福的人，这不矛盾吧！我的归期无法阻挡地逼近了。我坚信，我将会大放异彩的，从内心。

头发！必须调动一切力量来拯救它，必须开始好好饮食，停止熬夜和抽烟，努力保持好心态，多放松、休息，多呼吸新鲜空气（在北京要到什么地方去找呢？）……心里默想着一个接一个的办法。

那个医生还给了我什么忠告呢？尽可能多吃水果和运动。哦！我希望他不要强迫我相信，只要自己想要以一个好心态去生活，就能做到。他难道是巫师吗？下回我一定要好好问问他。关于健康生活的书我已经读得够多了。

大街拐角处的百货公司里人山人海，挨肩擦背，那是礼拜天的常态。再也不会有比这里更多的人了，除非有人在这里免费发送金发碧眼的玛丽莲·梦露的全身彩照，或者——二三十年前——伟大领袖毛主席挥手祝福人民的画像。

我喜欢中国一天二十四小时都开门的商店。在我的国家，斯洛伐克，礼拜天市中心除了咖啡馆以外几乎什么商店都不开门。在中国则是另一种原则，另一套逻辑。礼拜天是一周唯一的休息日，人们大都在外面逛街，商店必须满负荷地营业。富有生意头脑的中华民族并不知道造物主创造世界的最后一天应该休息的传统。

根据中国两千多年的儒家观点，商人（现代称"企业家"）在社会中的地位是最低的。但这种情况在二十世纪八十年代末政府推行市场和资本经济以后发生了巨大的改变。投机和做生意不再低人一等、受人蔑视了，相反，"下海"经商成了狂热追崇的对象。金牛犊①也在中国大行其道。钱越多越好，以什么方式和代价发财却难有几个人去费神考虑。人的价值和成功的标准发生了巨大变化。有文化修养的知识分子身居社会顶层（在皇帝身边帮助治理国家或者管理州县）的时代一去不复返了。

我到底想买什么来着？好闻的香水，我想要点变化。我的目光溜到了明亮的玻璃罩下一瓶装饰豪华的香水上。蝴蝶展翅形状的盖子，瓶子则像一朵含苞待放的花，好像是莲花。亮……他会喜欢吗？也许会说很俗气。他的品位高雅，作为雕塑家的他对形状很敏感。我吃惊地发现，我竟然还那么强烈地想念他，可是他再也不会在我的生活中存在了。这感觉让我恐惧。他只会在我生活的旋律之外。或者……

爱情，恋爱关系，应该给人以生的欲望和动力。如果痛苦多过欢乐的话，那就什么屁用也没有了！上面这一段话是我前不久在一家餐厅吃饭时随手写在一张废纸上的。最后一

---

① 金牛犊是当摩西上西乃山领受十诫时，以色列人制造的一尊神像。

句话当时表达得更文雅一些：那就没有任何意义了。

最后一个月里，有几次可以说我是从亮那里逃出来的，都是在情绪紧张以及艰难的对话之后，有一次甚至是半夜时分。我以前在宿舍有自己的房间，后来自己又租了公寓。任何时候都可以离开他回到自己的住所，这一点对我来说非常重要。从严格意义上说还不能算是吵架，没有侮辱也没有喊叫，这不是我们的风格。我已经记不清楚到底是因为什么，反正都是些鸡毛蒜皮的琐事。

> 那时候我确实是那样看的。现在我知道，那是十分重要的。恐怕他从来就没有理解过我内心的绝望。一般来说，第二天我就又回到他身边了，都是我主动的，不等他打电话来求我。我经常是在画室找到了他。那一刻，看到他如释重负、开心的样子，我就欢喜极了，每次都是。还有，在我戏剧性的出逃和顺服回归后，我们做爱总是更加火辣。

必须往前看！理性再次鼓起了我的勇气——例如，看前面的柜台。世界上你可以想象出来的品牌这里都有：可可·香奈儿、赫莲娜、兰蔻、曼哈顿、资生堂……我停下来看看，希望能找到一个哑光棕色眼影。真的，再把绿色和紫色眼影也买了。很长时间以后终于再一次涌起了试验的欲望（改变形象——据说是女性小说中非常受欢迎的陈腐主题。

不管怎么说，这确实是女性灵魂中一个非常现实、真实的细节）。这里不仅仅是发泄和娱乐，也是创造。令人陶醉的香水世界、时尚珠宝店、相配的颜色、闪闪发光的小石头、小水晶和会变颜色的布料……女人在那里获得了翅膀和愿景，至少在几个瞬间吧。

隔壁柜台的年轻女售货员十分感兴趣地打量着我佩戴的黑色真丝围巾——上面绣有黄色的小玫瑰花——发自内心地赞了一句，好漂亮啊！她问我，是不是真丝的。我默默地点了点头。

我不止一次碰到过这样的情形：中国人很欣赏我穿戴的服装、饰品，可是如果仅仅是摆在商店里的话，他们却不太会注意到，至少不会觉得有多么漂亮。

"如果中国女人戴的话，可能会显得太悲观了一点。"我就事论事，不带一丝傲气地说。

售货员点头同意。

"黑色特配你，因为你那么白。"她又补充一句，随后又低头和同事耳语了几句，表情有点诡秘。至于她们究竟在说我什么，今天我真是一点都不在乎了。

苍白。是的，酷暑期间死一般的苍白。眼睛下面巨大的黑眼圈，仿如幽灵。在中国的人海中，脸上一点脂粉也没有的白女人。

在街上我又看到一个追求中国式理想美的受害者。中国人的理想美标准里有一项是皮肤白。这里有一句俗话叫"一白遮百丑"。有时候这样盲目追求的结果很滑稽,例如打着白粉的脸下面脖子的颜色却很深。为什么要违背自然规律去追求美呢?这不是很愚蠢吗?中国有一个很精彩的成语叫"断鹤续凫",也是讽刺类似的行为的(当然从逻辑上讲,这个成语和上面的现象只是部分相配啦)。

她家里难道没有镜子吗?家里人会怎么看呢?谁知道。她脸上的表情非常自信。就让她这样吧!只要她自己感觉好,只要她热爱生活,能把这一份喜悦带给他人……就行了。很显然她的头发没有遭罪。如果我突然告诉她,她如果不在天生美丽的皮肤上打粉的话会更漂亮,她会怎么反应呢?如果她知道我小时候曾怎样偷偷地羡慕过所有深色皮肤的姑娘就好了!穿上白色衣裙的她们简直沉鱼落雁啊!

当我还是一个小乖女孩的时候,我不知道我衣柜里的绝大部分衣裙不必是浅色的。其实只需摆脱家庭影响,自己掌控自己的生活,就会明白。来中国后,父母和社会陈规再也不能对例如年轻姑娘应该穿什么样的内衣说三道四了,我马上就把那些单纯无邪的棉背心和袜子扔掉,换上了黑色或者深色的、带蕾丝的或者不带蕾丝的。我实在是花了太长时间才终于明白了这个道理。

至于化妆,直到来了中国以后我才逐渐找到了自己喜欢的风格。不过我总是不满意,总是企望改善、变化。自我感觉总算好多了,我开始认同对自我的看法。啊!在这方面终于没有人妨碍我了。

妈妈经常在信里告诫我,要我别过分打扮,不要太刺眼,或者换一句话说,别太风骚了。她非常担心我的轻浮性格,这不知道是从谁那里遗传下来的。在她眼里这主要和化妆有关,她说我的行为正是从那里发展出来的。而我自己的看法却截然相反:我的感觉和愿望决定了我的具体行为,然后影响了我的外表打扮。

有一次不知道在哪里读到过,人的行为、思维以及感觉是一个紧密相连的实体。一个人要感到舒适的话,这三"层"都必须和谐相处。一旦这三"层"中的任何一"层"发生变化,另外两"层"也会跟着改变。邪教里的心理操纵就是使用的这个原理。具有超凡魅力的邪教教主决定其他人应该做什么事情以及什么时候做,按照最具体、精确的规则和模板。首先将某些外部行为和生活仪式强加给他们,然后,他们的思维和感觉也就自动地跟着改变了——这正是邪教的目的!

> 我把这个理论发展开来。将穿衣、打扮、饮食、欣赏音乐……都划进了行为这个范畴。因被强迫或受外部环境的压力,行为大范畴内任何一个项目的改变,都会逐渐导致其他项目的变化(当然也包括思维和感觉)。或者相反:一旦在思维(或者感觉)

里发生了变化，马上就会在外表打扮、音乐品位、饮食习惯等行为上反映出来。

所有的变化如果是从自己内心、灵魂产生的，没有任何外来干预，就没有问题。心理操纵不仅仅存在于邪教中，还存在于日常生活中。不同之处在于，日常生活中（男女关系之间）的心理操纵常常是无意识的，没有冷血预谋。万一我是被亮用肉体和性操纵的玩偶呢？亮——邪教教主。我——意志麻痹的牺牲品。缓慢、逐渐的过程……太荒谬了！停止！

有一天，我没有怎么化妆就进了城。想试一试外表对行为和自信心的影响。我暗示过自己，我是自然美，就像妈妈说的那样。我想在远方做点让她开心的事，同时也满足一下做试验的欲望，关于自我感觉的试验。一切正常无奇，直到我走进一家豪华酒店的厕所摘下太阳镜的瞬间。在像女演员化妆室里那样巨大、明亮的镜子前看到自己模样的时候，我心里感觉糟透了，悲惨又可怜。

我把这段经历告诉了亮。

"我的眼睛在镜子里显得非常暗淡、乏味，一点神也没有。奇丑无比……"

他笑了。我怀疑他是否真能体会我的感觉。

"而且，因为过分地想追求自然美，我把所有的化妆品都留在宿舍了,"我又补充了这段经历的一个背景,"还有,下午要和你见面。"

"那你怎么办呢?"

"还能怎样。我只好赶紧去了最近的一家化妆品商店,"我笑了。停了一会儿,又说:"你看,虽然初看起来女人比男人更加招眼,可是我觉得如果顺其自然的话,情况会恰好相反。就像动物界一样,如果女人不用这么多人造化妆品来美化自己的外表的话,美男子就会更多。"

关于这一点,我是很认真的。我的这个观点在上中学的时候就有了。

"伊莎贝拉,根据我的想法,你错了,"他有点吃惊地望着我。"女人比男人天生更美,也更引人注目。这不仅仅是身体,"他反驳我,"你自己最清楚,女人的魅力——不仅仅是漂亮的衣裙、化妆品和那些无奇不有的小饰物。"

"可能你有道理。"我寻思片刻,点了点头。

我不想在这件事上反驳他,于是就终止了讨论。但是心里自己的观点却丝毫没有改变。

化妆品是对健康无害的"毒品"。说到健康,我真的必须赶紧戒烟。奇怪的是,亮是唯一一个从来不批评我吸烟的人。他没有劝过我戒烟,虽然,毫无疑问他希望我是世界上最健康的女人……最后我开始思考哪一个医生的建议最容易坚持,一个个排除之后,只剩下了一个:多吃新鲜水果。

接下去这几天我还必须去几趟书店，为自己的毕业论文找一些资料，至少部分弥补一下落下的功课。最后要说的是，那几篇中国短篇小说的翻译也终于初见成效，我已经不需要像以前那样经常翻字典了。我喜欢我的毕业论文研究，我告诉自己必须写出最好的论文，向所有人展示我隐藏的才能。

我的论文关注的是女人。更具体地说，是对男人影响巨大的性感尤物，或者也可以叫红颜祸水。我想要在十九世纪末欧洲文学和哲学著作中探查出影响中国现代文学颓废先锋派的痕迹（胆子好大啊！）。

这个文学派别叫"新感觉派"，与西方思潮联系密切，在二十世纪二三十年代的上海文坛曾风光一时。目前我还不知道要集中研究哪几位作家。首先，我必须大量阅读。我希望挖掘其中的误解、扭曲和偏差。数量还真不少。当然首先要找出它们的相似之处，以及中国作家受到的影响、启发和灵感。

神秘、危险同时又拥有不可抗拒的诱惑力，这样的女人在东西方文化中都有，可以说是男人丰富想象力下的特殊产物。我觉得这样的想象很有趣，因为它本身包含了矛盾的元素，既有感性、本能，同时又有灵性、高贵和一定程度上的脆弱。夸张一点说，是集妓女和圣女为一体的女性。很明显，这是令男人最着迷的。

学者们认为蛇蝎美女①主要来自人们的臆想,现实中少有,然而实际情况超过了他们的认识。蛇蝎美女的概念极富欧洲特色,其自身包含有矛盾的元素(《圣经》中将女性视为天使和魔鬼,这种极端的观点是它的基础),中国文化中不曾有过这样突出和令人兴奋的现象,或者说,中国的蛇蝎美女仅仅是欧洲的清谈版本。

很久以前我就对(来自不同文化的)艺术家之间的相互影响、启发感兴趣。和亮成为男女朋友后不久,有一次我问他,是不是知道他的风格不完全是"他自己"的,而是有意无意地受到过年轻时候崇拜、学习过的艺术家的影响。我当时想到了几个欧洲画家。亮对理论极其反感,甚至可以说是过敏。我很清楚这点,但我还是想刺激他和我争论。

"这是必然的,"他说,"但我不喜欢有些评论家,不惜一切代价想找出是谁影响了、怎样影响了某个艺术家。关于这个他们又能知道些什么呢?"

"但是,万一他们的结论有道理呢?他们中间有的人见多识广,挺聪明的。"

"伊莎贝拉,一个人对其他人感兴趣的是对其个人的存

---

① 即上述对男人来说危险,同时又拥有不可抗拒的诱惑力的女人。

在来说最亲近、最珍贵的东西,你不这样认为吗?为什么一定要对此进行理论分析呢?"

他的陈述出乎我的意料之外。嗯……从某种意义上说,他是对的。虽然很多情形仅仅停留在个人的猜测和假设层面,但我仍然深信寻找和发现上述的影响还是有意义的,甚至是令人兴奋的!说到底,除了自然科学以外,哪个结论不是主观的呢?

我的导师对我寄予厚望,他相信我会继承他的衣钵,相信我在分析和比较研究方面的巨大潜力。听起来也许夸张了点,但事实如此。我自己也试图这样相信。这不,现在又催我回国去参加一个什么重要的会议。如果听他的,那我盼望了多年、对我来说极其珍贵的留学就不得不提前两个月结束了。

亮求我别回去。他希望我把留学再延长一年,并和他在一起生活。那个时候他正在创作他有生以来最大的雕塑……为了他,我考虑延长留在中国的时间。一直到最近我都感到去留两难。然后做了那个梦,它奇迹般地打开了我的眼睛:我现在必须离开这里。离开亮,而且,越快越好。

真的要永远离开吗?

徒步走过市中心地铁上面的一座桥。桥上的小竹椅上从早到晚坐着给人看相算命的人。他们会从手相、气场以及天晓得的什么来算出一个人的命。他们主要是为了赚钱,如此而已。但其中有几个还真有预知未来的能力。对此我深信不疑。

有那么一刻，在这个毫无定性、满是谎言的世界上，我再一次屈服于内心深处的愿望，极想知道对未来的预测和命运的承诺。有一刻我真想把自己交给这些胸前挂着玉护身符的算命先生口中飘出的难以置信的梦幻。我对他们的感觉好坏兼有：一方面觉得他们是骗子；另一方面又有点敬畏他们。远处的铜锣声在诱惑我。这次的结果会不会和两年前我在中国其他地方算的命相同呢？那一次说我应该多听听自己的内心，还有，如果我这一辈子要嫁人的话，会很晚。

我还是决定抵制诱惑不往他们跟前去。未来还没有被封印，那一刻我对它甚至有点无动于衷。我在脑海中回顾了过去一年的生活片段，这才是更加迫切的事情。我突然完全看清了过去一年中的一切，清晰得令人难以置信。

和亮在一起的日子，我精神上很痛苦，而且越来越严重。我的心病得一天比一天重，一点一点被啃噬，一点一点在死去，可是我自己却不想承认这一点。我一直崇拜他，在他怀抱里，我一直压制自己灵魂的呼救声，所有的疑问和顾虑都在那里烟消云散了。那是一个恶性循环。两个人肉体上纯美的快感和陶醉，令人走火入魔，也是我难以自拔的陷阱。

现在我又一次明白了一件特别的事情——我们

俩之间最美、最了不起的其实就是肉体的欲望。可以说那是我们俩关系中功能最强大的部件。虽然这违背了我身心合一的理论和理想。心灵的力度、激情和敏感……我们俩灵魂的某些层次在这几个方面很稀罕、珍贵地匹配。根据所有发生的一切来看,我特别适合亮,完全令他满足。他不管我们俩在其他层面上的不和谐,和他在一起的时候我一直有这样的感觉。

日复一日,和他在一起我的收获不小,但我冒的风险却可能更大。在这个游戏里,我押上的是自我和未来、我的身体和精神健康,尤其是后者。然而这一切的决定权全在我自己。我永远也不会责怪任何人。如果非要责怪的话,只会怪自己。毫无疑问,一个二十三岁的人应该对自己的所作所为完全负责……一对很可爱的年轻人从我身边走过,看着他们我不由自主地笑了起来。也许是学生吧,漂亮的姑娘和小伙子,他们深陷爱河。他们好像正在考虑,要去哪个算命先生那里算命……

不知不觉我已经过了桥,略感疲惫,腿有点痛。可是今天我是无论如何也不会穿更舒服一点的鞋子的,我宁愿受苦(谁能够理解,就理解)。

我走进住处附近的小市场。实在很难决定到哪一家水果摊去买水果，因为他们的水果都摆得那么漂亮，卖水果的小贩们也都十分热情。他们招呼着我过去买，吆喝一声高过一声。

最后，我决定在一对年轻夫妇那里买。虽然他们并没有向我大力推销，可是他们俩在一起散发出了一种静谧的幸福感。

"三斤紫葡萄和两斤苹果。"

"你中文讲得真好啊！"那个男的说。

又这样！我才说了几个字就夸我。我中文还说得不怎么好，但是他们总是表扬我，挺可爱的，我天天遇到这种情况。不过，偶尔也会让我心烦。可是当他们问我是哪个国家人的时候，我就会很开心。每次我都说你们先猜猜看。几乎每次第一个都说美国，以后的结果都不太一样，有的猜法国，有的猜德国、瑞典……他们猜不出来的时候，我常给他们一些提示，直到他们猜对了为止。斯洛伐克对他们来说还是一个陌生而遥远的国家，中国人关于我的国家知道的还很少。

和中国人几乎每天都会发生有趣的事情。只需在哪里停一停，只要健谈就行了。但一切都和我当时的心情有关。交流管道不通畅的时候，就很无趣，就像刚过去的这一个小时。这些"随机的"聊天大部分都很热烈、过瘾，聊天的素材足够再写一本书了。

今天我没有力气跟任何人说话,我需要沉默,像坟墓、鱼或者枯井一样。

* * *

我终于回到家了。一千多万人的大都市里我仅有的圣地,我简直无法想象没有它的话我会怎样。砰的一声,我重重地关上了身后的大铁门,心里万分安慰。

我躺在床上打开了收音机,收音机就在旁边,我还想和外界保持一段时间的联系,感受它的脉动。Easy FM 调频台的英语主持人选播的西方流行音乐对我来说有一种回到欧洲、回到家的感觉。

碰巧正在播放一首我喜欢的老歌,所谓常青歌曲,今天听起来却觉得它过于甜蜜和媚俗了。我换了一个台,响起了标准的普通话,男人的嗓音,好像是讨论或者采访节目。

我伸长手拿到剪刀,然后躺在床沿,在午后阳光的照耀下,开始做我很喜欢但没有什么意义的事情:剪掉分叉的头发尖。每次剪的时候,我总有一种空虚感。我所剪掉的仅仅是沧海一粟,还有更多的在等着我。不过我至少给那一小部分头发带来了一点点乐趣。是的,医生提醒我要多休息、多放松、少熬夜。但是,这几乎就像要禁止某人拥有自己的血型一样啊!

几天前在一个公共汽车站,有一位陌生的女人要我送给她一根我的金色头发。曾几何时,我所有的头发都属于亮……

突然间收音机里的一段话让我全神贯注:

"悲伤比快乐的色彩更浓郁、更真实,"一位年轻人说着,与前面的谈话连贯起来。根据主持人就年轻人的观点提的问题,我明白他们正在谈艺术,气氛热烈。我关了收音机,点燃了一支烟。机械地,带着外国人的口音,大声重复了刚才听到的那一句话。

> 正是这样,快乐在我看来真是乏味透顶,肤浅又令人麻木,使人愚蠢。相反,穿透骨骼的悲伤却是那样的壮观、高贵,也使人高贵。它给人洞察力、极致的发挥、扩展和深度。贝多芬、柴可夫斯基、葛利格……古典音乐大师所有的"小调"杰作完美地抓住了这一点,令人叹为观止。他们灵魂中那些复杂的、难以用语言表达出来的深度,在音乐中被精确地描绘了出来。激情、兴奋、痛苦、不安……一切都通过指令对演奏家给予说明和强调:狂热的快板、激动的渐快、火热猛烈的快板、非常强烈的热情、悲伤的小广板①……其实,不仅仅是古典音乐,现代音乐中的爵士、灵乐和放克也都是如此。

---

① 此处原文为意大利语,均为音乐术语。

> 音乐实际上是捕捉情感、精神氛围的最佳工具。画家和诗人则借助其他似乎不如音乐那样完美的工具来表达自己。虽然上面这些艺术家的灵魂和情感并无差异。

我很努力地想着这个陌生的年轻人。谁知道他在这方面有过什么样的经历呢?也许他目睹过亲人的去世,或者心爱的女人抛弃了他;也许仅仅是这个国家没有给他的灵魂提供足够的自由。

我躺到床上舒张了一下身体,眼光停留在白白的墙上。有一篇中国当代短篇小说写过一个古怪有趣的知识分子,他把家里的墙壁都涂成了黑色。邻居们把他当成了疯子和危险人物,其实他只是一个极其悲伤的人而已。深深的压抑、沮丧和绝望,也许有抑郁症吧(只是那个时候抗抑郁药在中国还不怎么流行,精神病学也比我的国家更忌讳些)。

事实上,在中国,老百姓要把一个人看成是神经病,比在欧洲容易多了。特别是艺术家,他们经常受到这种对待,正是因为他们的内心与西方思想比较接近。很多像亮那样的艺术家拥护了在东方文化里(道家思想除外)几乎是陌生的极致个人主义精神(甚至不惜付出毁灭自己的代价)。但事实上极其自由和专注内心的道家思想在中国历史上从没有占据过主导地位。道家的独立精神常常和无政府主义思想相去不远。这里强调的是集体主义、一致、服从和不要突出的精神。

至今为止我所认识的汉学家,他们看起来特别欣赏不墨守成规,甚至崇高的道家思想,那些引人入胜、放荡不羁的慷慨激昂以及生活琐碎上的超脱。但他们在实际生活中却侍奉恰恰相反的思想体系——儒家思想,强调形式和外表,追逐世俗功利。他们爱好显赫的声名(经常是可疑的)、称赞、头衔、和社会名人的合影、自夸和外表的光彩。

一个干瘦的和尚,蓄着山羊胡须,穿着橙色的道袍,从门后的海报上偷看我。他站在一个道观的门口。现在的情况已经有点不同了,但在中国历史上,知识分子,特别是艺术家,自愿削发成僧或者遁入道门的为数不少(这些浪漫、行为无可指责的灵魂在我看来就是嬉皮士的杰出前辈)。总之,庙堂道院在中国一直是社会局外人钟情的避难所。

海报上的道士并不孤单:他后面还有一个年轻的妓女,可能是照片剪接。事实上也完全不必是妓女,或许只是一位打扮得有点妖娆露骨的观光客罢了,可别冤枉这个迷人的年轻女子。对我来说,她只是体现了苦行的另一个极端而已,精神性的反面。青楼和修道院早就引起了我丰富的想象,(为什么用青楼这个词?勇敢点说:妓院!)人类存在中的两个基本极端。我不知道怎么突然有了这个想法,我觉得,不必待在里面也能体会到这两个地方折磨人的气息,灼热、粗鲁和温柔的抚摸。

在两年的宿舍生活中,那张海报一直陪伴着我,是一位中国朋友送给我的。我越来越觉得海报上那位年轻女郎其实并不是那么不纯洁或者应受惩罚的了。我甚至确信,我用"妓女"这个词形容她是冤枉了她。美丽的女人,热爱生活、漂亮的东西、艺术,品味很好。也许满怀理想。也许被人欺骗甚至虐待过。谁知道呢?

有一次亮和我聊起了赚大钱的高级女模特。刚好他的好朋友安友也在。那些女人轻轻松松就能赚几百万块钱,让他很反感。

虽然我对女模特的生活也了解不多,但是我还是反驳了安友。

"她们要吃很多苦才能保持美丽的外表,也许还要不断地和自己的弱点,例如过量饮食、抽烟等习惯做斗争呢!"我还想说,她们必须刻苦学习、冥想、禁食、锻炼、追求高尚的精神等等,但我知道,也许这些都只是我过于丰富的想象罢了。

从安友的表情能看出他并不同意我的意见。

"你把她们整个理想化了。"他嘟囔了一句。

亮这时插了一句:"我同意伊莎贝拉。不管以哪种方式,为女人的美给她们付钱是天经地义的事。"

那是亮极为罕见的大声说出自己想法的时刻之一。自发地，不由自主地。仿佛在那一刻他关闭了神秘的内部自我审查。

如今，面对门上的海报，我想起了亮住所门后面挂着的一幅很大的书法，上面是他写的"光而不耀"四个字。这是古代哲学家老子的话，极其精简、含义又十分丰富的古文。现在懂古文的中国人大概已经不多了吧！

"你把它挂在这里主要是想给那些傲气的'孔雀'们看的，对不？"我半开玩笑地问他，指着门后的书法。

他却什么也没说。

很多艺术家都很想"耀"，不管是在中国还是在斯洛伐克，本质上都是一样的。他们不惜一切代价穿得花里胡哨，引人注目，尽标新立异之能事，但大部分都只是从外表开始的……我想了想，然后把烟灰弹在景泰蓝烟灰缸里。——这也是我以前大学宿舍生活的一个重要组成部分。

两年前我买它的时候，在我眼里非常有异国情调。但时过境迁，在一个到处可见景泰蓝的国家，我已经没有那么喜欢它了。我把它扔到了抽屉里，开始用一个铁皮茶叶罐当烟灰缸。

在亮的住所，我们用一个美丽的大扇贝贝壳当烟灰缸，那是他从南方带来的，刚好是对称的一对扇贝中的一瓣。

"可惜那个女人没有把一对扇贝都卖给我。那扇贝的另一瓣可能还在海里呢！"他说着，若有所思。

"或者碰到悬崖上撞破了……"我一边补充，一边跟着自己的想象飞到潮湿的海滨沙滩去了。海浪汹涌，我仿佛闻到咸味和感到力量。

据说很不容易碰到这么漂亮的一瓣扇贝。要找到这样别致的扇贝，必须生活在海边。还是当地人的机会多。

它里面是白色的，柔和细腻的曲线勾画出了波浪般美丽的外缘，像小孩子画的水面的涟漪。

记得第一次去亮的住所看他的时候，这个扇贝连同亮的版画强烈地吸引了我。那是我们在一次画展开幕式上邂逅相爱后的第二天（和斯洛伐克语一样，汉语也说"一见钟情"，不过把我们的情况叫作"一见激情"也许更加准确些）。他高兴极了，马上想把烟灰缸送给我。任何我想要的东西只要我说喜欢，他肯定会送给我的，他并不像我那样那么在乎身外之物。

但是我没有接受那美丽的扇贝，它还是留在他住所里最合适。那个房间虽然没有多少东西，比普通人家里少多了，但并不显得空荡。

"我特别喜欢看这个扇贝，因为它神秘又高贵。"很久以后他这样告诉我。

我坐在地上，很享受地把烟灰弹进扇贝的时候，他给我拍了照，那个场景让他觉得有趣。他还在其他时候给我拍过照。顺便说一下，我在欧洲和中国去过很多人家里，只有他的住所一面镜子也没有。有一次我问他这是为什么。

"照镜子会非常影响心情的,所以我宁可不照。"

当然了,他不会像着了魔似的对自己的外表进行无情的分析。从某个时候起他对颜色和细节的分析就已经不感兴趣了。当然,男性的魅力并不在这个方面。

每天好几次站在镜子前面仔细查看皮肤颜色的色调、眼睛的表情,甚至每一根头发,或者热情地尝试彩色化妆铅笔、脂粉和其他化妆品的颜色新组合。探寻、创造……这一切对于我复杂又痛苦的自我定义是多么重要、多么令人兴奋啊!但是,我还是有点嫉妒亮没有成为这些神奇闪亮物品的奴隶。

有一次他向我透露,他曾经在欧洲有过很时尚的公寓,里面有很多大镜子。他说他曾经相信过永恒的婚姻,所以当自己的婚姻破裂后,他的噩梦就开始了,也是从那个时候起他就完全不关心自己的外表了。他把一头长发剪短,然后在一个早上将家里所有烦人的镜子砸了个粉碎,开始在噩梦和药物之间徘徊。他的敏感神经元非常危险地裸露在保护层外。

我不知道是否真是这样。也许只是把那些镜子取下来了,或者只是把它们用什么东西遮住了……然而,如果他真这样做了的话,也不难想象那个场景。那叮当碎裂的声音,像恐怖电影剪接出的片段:精神错乱的人在情绪失控中胡闹。我唯一无法想象的细节是他手里拿的是什么工具。什么都有可能,例如雕塑金属模具、火钩或者椅子……

"那个时候你想过自杀吗?"我小心翼翼地问。

"没有。"他明确地否定了,然后又承认曾经去咨询过一位著名的精神分析医生,那医生家里的室内装潢甚为壮观,墙上挂着荣格和阿德勒的肖像。正是在那里,他意识到最好的治疗方法还是在工作室好好地创作。他被诊断为焦虑惊恐障碍症,医生给他开了一大堆药,不过他说一出门就把它们全扔到垃圾桶里了。

在他和前妻离婚的那段时间,他创作了一个名叫"荒野之香"的系列作品(真正的、最优质的艺术疗法)。每一幅画里都有一个男人和一个女人,都裸露着身体,置身于一个巨大的公牛空骨架里,或者缠绕在它的肋骨之间。

公牛对亮来说是一个重要的个人象征(虽然他并不是出生在中国农历年的牛年,按照西方星相学也不是出生在金牛座)。他房间里有一座珍贵的古董铜牛小雕塑。对我来说,把手镯和戒指挂在它曲线美丽的双角上,是一种享受。公牛不仅仅出现在亮的名片和版画上,在后来的雕塑上也能找到它的踪迹。人和兽,人和本能,神秘而强大的自然力量。

"荒野之香":两个人的存在。她——有美丽、丰满、露汁欲滴般的身体,茫然、悲伤、梦幻般的目光。充满活力,轻盈柔软地在空间流动。总是出色、强势,却没有一丝自恋自满的迹象。相反,他——矮小、瘦弱,身体痉挛、变形、可怜。被人嫌弃,面目可憎。似乎在绝望中祈求仁慈。

很显然,亮在很多"变奏"版本里把他本人生活中遭遇过的创伤和阴影都"塑造"进画面里了,可是作品中男人和女人的脸却不是中国人的。我问他为什么,他说他做的是普世原始基础,伴侣关系的原型,太初之时的男女……

"最初的人当然不是中国人。"他笑了。

他是对的。我有点不好意思问了这个问题,我自己应该是可以想到答案的。

"荒野之香"很快让亮名声大振,在欧洲好几个城市巡回展出,又给他带来了更多的奖项以及艺术界的承认。那些画引人入胜——它们把每个观众变成了一部伟大的个人戏剧的参与者。除此以外,这些画丝毫也不会让人感觉到时代感。它们是完美的史前时代,也是当代,我心中的理想。

二十九幅版画,每张铜板就印了两幅——这是他的资本。不少藏家出了大价钱要买这些版画,但是不管多少钱他也不卖。

"他们不懂。"有一次谈及此事的时候他就这么质朴、简要地评论了一句。只有他才能这样质朴和简要。

亮经历过可怕的贫困。他看到过给孩子唱摇篮曲的母亲偷偷掉泪,因为没有食物喂孩子。那个年代中国正在闹饥荒,人们只能吃树叶、树皮、海草保全性命。关于饥荒他只说过一次,说完后便停顿无语了,我也就没有进一步追问。

虽然多年后,在物质丰富到过剩的奢侈享乐中,他尝到了另一种生活的味道,但他却已经很超脱了。

> 他心里从没有关心过世俗的成功,至少这是我从外部观察的感觉,真实的情况只有老天和他自己知道了。事到如今,个中真相我也根本不想知道了。这很复杂,而且……关于人的神话之所以美丽,恰恰在于它部分脱离了现实吧。

对他来说,只有那些画——他最好的东西——才有价值。他无法放弃它们,那是他永久的组成部分。但他今天和我告别的时候,却送了我一幅,他让我自己选。我犹豫了一下,不知道自己是否有权拥有它,我对他的作品有一种敬畏感。

我选了一幅很大的版画。主角是一个丰满的年轻女人,沉思的样子,软软地蜷缩在一副巨大的牛骨架里。周围充满着寂静和尊严,只有远方传来弱弱的哀号:男人的声音。不远处蹲着一个肢体扭曲、变形的无头男人。

著名的"荒野之香"。

亮是美的崇拜者,任何一种美,但最主要的还是女性的美。女性是他创作的绝对焦点:女性的身体、灵魂,以及她和他、和其他男人的关系。其他题材对他来说似乎都不存在。他画的女人都是裸体的,那是他最喜欢的。他喜欢夸张女人身上的曲线,超越现实,但始终美丽、和谐、温柔,令人兴奋。他画的女人脸上没有一点胭脂水粉,身上没有任何装饰,也没有任何颜色。他极其小心谨慎地避免、拒绝它们,仅在浅色背景——最原始的基础上——用深色创作。

他画作的题材就一种。从某个时期开始他就拒绝画肖像、静物或者周围任何形象来赚钱。有一次他告诉我说:

"如果世界上没有大众和大众口味的话,很多艺术家就会饿死。大部分艺术作品都没有什么真正的价值,伊莎贝拉。"

"嗯,亮,"我打断了他,"但是你看,你的画很沉重,充满了悲伤和痛苦。可生命本来就很沉重,人们需要娱乐和放松。我知道,你的画很真实,是从你心里涌出来的,可是谁愿意把它们挂在家里呢?"

我的话,那样的说法,让他有点震惊。

"我的意图不是让人们开心,伊莎贝拉。我觉得自己是某种神秘力量的工具,这力量想要通过我表达出来,如此而已。至于有多少人欣赏我的艺术,我是无所谓的。"

当时我就是这样记在日记里的。他的那句话现在再看时是要打上问号的。但我也无法完全排除他当时就是这样想的。我不清楚他现在在做什么，但我当时知道他的作品中没有一个违背了这个原则。

"但是你不能否定或者瞧不起另一类艺术家，亮。其他人不可能都像你那样。而且，谢天谢地，他们也不像你。"我强烈地反驳道。

他什么也没说。过了一会儿补充了一句：

"如果不是灵魂的真实写照，任何艺术都没有价值，伊莎贝拉。也许有一天你会同意我的观点的。"

"更浓郁、真实的色彩……"我再一次陷入了广播里那位年轻人说出的话语意境中。他有点伤感、柔和的嗓音，感情丰富，也很有说服力。谁知道他长什么样子呢？有些中国男人是很有吸引力的。突然我很想见到他。也许他也是画家呢！他会喜欢我最欣赏的画家色彩斑斓的作品吗？这想象让我陶醉。然后又一次抬起头来看了看挂在床后墙上的彩色大照片。

这张照片定格了大约二十个风流不羁的小伙子和年轻姑娘们生活的一瞬。他们在一幢老房子前面的阶梯上，摆着各式各样的姿势。有的系着发带，有的戴着相当夸张的配饰，都长发飘飘的，穿着十分抢眼——和当今不同的是，那时的男人像男人，女人像女人——六十年代末的时装风格。女孩子尤其性感，改变了世界的避孕药那个时候已经可以保护她们了，也许这两者之间有一定的联系。（可是我从来都没有吃过这种药片，甚至碰都没有碰过。即使如此我也还是很性感！）

在这小小的宿舍里，这张照片上的年轻人成了我最忠实的伙伴。我常想，这到底是当时真实的照片呢还是最近补拍的？我从来没有拍过模特。很久以前我就对人的外表打扮特别着迷。服装、面具、颜色……人如果不穿衣服的话就会太相似了。通过恰当的外部效果处理，可以很容易地让照片或者画作穿越几百年，甚至上千年。

谁知道拍穿衣的人体难还是拍裸体难呢？如何拍摄裸露的灵魂呢？那一定是不可能的。亮会怎么说？也许他不同意。真的，他们——那些按照二十世纪六十年代末的标准有些颓废的年轻人——现在都怎么样了呢？结婚了吗？有没有生两个孩子？或者更多？对自己的配偶忠诚吗？他们是否相信过婚姻的力量呢？

实际上也就是我父母的那一代……脑海里涌现了最近与母亲关于婚姻的谈话：

"我的孩子，最美好的也就是刚开始的那两年。"

"以后呢?!"

"以后就越来越糟了。幸亏有了孩子，可以拯救一部分，至少在一定程度上吧。"她回答道，眼睛望着远处未知的地方。

她的声音听不出任何留恋或者是感动，完全是实事求是，不带一点感情色彩，听起来像是一则普世公理或者普遍的实际情况。一阵恐怖掠过我全身，我的内心开始反叛。我的亲生母亲把我弄糊涂了，超过了她的本意。这个时候我又有点可怜她了。

如果她知道的话……正是今天，在世界的另一端我自愿地和生活中第一个重要的男人分手了。我还想告诉她，我挣脱出来了，不缺眼睛也不缺鼻子，甚至比以前更富有，而且最重要的是，我还非常非常的走运：我没有"做"出来一个不幸的第三者，一个极其微小而脆弱的生命。

亮不想要孩子。他和前妻生的儿子让他遭受了难以磨灭的愧疚感的折磨。每年他会去看他几次，还常常汇钱给他，数目很大，如此而已。他的生活方式也决定了他七岁的儿子无法和他一起生活，因此那瘦小苍白的孩子就只能在南方和爷爷奶奶一起过了。没有爸爸，也没有妈妈。前妻和他离婚后就正式放弃了儿子，异常冷酷。在中国这样的情况并不罕见，女性在扮演母亲的角色上常常表现得令人费解。

但是，我究竟想不想要孩子呢？有一天孩子将听从他们自己内心的呼唤去闯世界，而我对此无能为力。怎么才能教育他们在作重大决定的时候要倾听自己的内心呢？从来没有谁教过我，也没有谁告诉过我这有多么重要。只有直觉帮助下的自我认识。

幸运的是还有书。人类灵魂神圣的经文,有一些成了我终生的重要导师和顾问。"外脑记录"和这密切相关。大多数引文都来自于一本一百多年前在世界的另一端、在完全不同的精神氛围下出版的小书。但是,那上面的每一句话都直诉我心,同时,又好像出自我自己的灵魂深处一般,不可思议。

外脑记录:

智慧和内心的顿悟

在所有混乱的时期你要做的只有一件事:退回自己灵魂的小房间,将身后的门关上。用心眼看,用心耳听。对真理的直觉认识如同沙漠里的吗哪[①]*一样。你每天都问它想要什么,它自然会告诉你。因为越能深入真我,我们灵魂的声音、高级自我的声音就能听得越清楚。*

(红笔做的注释:+ 天主的声音)

对真理的直觉认识还应该马上转化为行动,因为拖延意味着熄灭我们刚刚获得的灵感。越拖延,那想淹没直觉的欺骗印象就会越强大。

---

① 《圣经》中记载,摩西领古以色列人出埃及时,在40年的旷野生活中,上帝每天赐给他们的神奇食物。

但是又有一个声音在耳边细语：妈妈关于男女生活的话并不一定是什么真理，我一定能够防止这样的事情发生。如果没有办法阻止的话，我一定会从它的束缚中溜开、逃走，逃得远远的。不是逃离自己，而是那束缚人的铁笼，在一段亲密关系开始要毁灭自己之前离去，免得被蚕食、毒死或者腐蚀。保全内心世界的完整为最基本、神圣、永恒的原则，这样的行为就是在天主面前也是会被允许的。他确实看穿了人心，知道自由和实现精神追求的价值。

我相信，我不会重复周围百万女性的命运，所有那些敷衍凑合，甚至悲剧性的生活。她们让原本鲜明独特的个性被磨碎、稀释，直至轮廓消失得无影无踪……多少理想、勇敢的抱负和愿望被日常实际而平庸的生活灰尘掩埋、溶化得干干净净，或者至少也是干枯萎缩到如同尘土一般。精神日渐萎缩，身体随之发胖，失去了对着装和打扮的兴趣。性生活贫乏，或者为零。和伴侣的关系悄然、缓慢地冷却，进而陌生和疏远。精神和肉体一起，双方深深地挫败。生活只剩下孩子、家务和各种义务……恐怖。

我面对的是完全不同的问题。我在思忖接下去必须做的事情——三个星期后我必须结束留学回国。需要订机票，完成毕业论文，通过国家考试，找一份合适的工作……这一切真是烦死了。我的故乡……我又想起布拉迪斯拉发的教授，可是他只关心我在专业方面的成长——汉学方面的事业和未来。

"你爱上了那个艺术家,就丢了一年多的时间。我劝过你,可是你却听不进我的话。"

这样的,甚至更厉害的话,从他远方的来信向我袭来。实际上他根本不明白眼下的情况对他弟子的事业有多么严重和危险。他做梦都没有想到那个沉默寡言、招人喜爱、有着美丽的双手和旺盛性欲的中国艺术家是一个多么危险的"情敌"。

我的教授是一名在研究中国神话传说领域很有地位的汉学家。他把它们同其他文化做过比较,写了几本书,但最主要的是发表了很多论文。在本专业范围内,他是世界级的权威。私人生活呢?那才不重要呢。他有贤妻持家教子,照顾生活的一切,使得他能够整日看书写字。他是家里的骄傲(至少我这样认为)。最近一段时间他甚至重新拾起了年轻时喜欢过的中国古代哲学,主要是道家思想。他开始研究《道德经》对欧洲思想的影响这一重大学术专题,那真是重大课题啊!虽然事实上这样的影响小得可怜,可是有经验的学者却可以写出四五十页文章出来,简直是太了不起了!

我曾经十分敬重他。他非常注重引用文献以及数据的精确性。从何处引用、转述或者以其他什么方式提到过——在第几页等等(谁感兴趣啊?)。他教会了我很多东西,例如文学理论,系统、逻辑严密的工作方式。他尽力排斥想象力,虽然它也常常和他过不去,但在学术研究中是没有它的位置的。如果我最终选择忠于他的事业的话，他一定会欣喜若狂。可是，谁给了他权利从遥远的天边批评、议论我的生活呢？仅仅以他自己认为"正确"的标尺来责备我？谁胆敢议论人呢？难道父母可以吗？

作为一个二十一岁的女孩子，我渴望尝试理论上明确界定的"好基督徒"边界以外的一切。我知道基督教的十诫，当然也知晓七宗重罪：傲慢、贪婪、嫉妒、愤怒、奸淫、暴食和懒惰，那是在上天主教教理问答课时学会的。

> 奸淫被列入重罪是因为行为的结果，而非导致该行为的性质。也许"淫荡""色欲"，或者口语中的"好色"这些词（在罪的范畴）更加适合。
>
> 无论如何，有告解圣事经验的天主教神父一致认为，"十诫"中的第六诫（不要奸淫）是最难做到的。是的，情欲一方面可以非常美丽，另一方面也可以带来很大的不幸。如果能固定在一个合法的对象身上享受，就完美了。

在中国这里，远离家人，我每天都在自觉、自愿地翻越节制、得体、礼貌和庄重的花园篱笆。我想要知道生活的另一面是怎样的。如果不这样，如果不是有时还要带着内疚甚至对自己绝望（以及厌恶）的情感的话，怎么才能理解某些原则和限制的正确性与意义呢？我涉入过各种沼泽泥潭。这对于我以后的生活极其有益。甚至是无可替代的。遗憾的是，因为过分担心孩子在生活中摔跟头、被浑水淹没，很多父母往往在这个过程中充当了刹车的角色。

他们教会了我什么是理论上正确的，道德、宗教上允许的。什么是"黑"，什么是"白"。他们肯定会谴责我"罪恶"的恋爱关系。女孩子直到婚礼前应该保持贞洁——我就是在这样的教育下长大的。父亲说，这是幸福婚姻最重要的一块基石。

忘了是多大的时候第一次听父亲这样说。可能是十二岁……不过，就算是在那个年龄，我也觉得这个说法有点可疑，不太可能，也不太符合逻辑。我觉得一个幸福的婚姻必须拥有一些其他的前提（理想是非常美丽的，而且对于极少数人来说也是可以实现的）。

> 另一方面，婚前性生活也不是一个理想的解决办法，这我承认。尤其是因为"那一桩事"，等一等肯定还是更好些，没必要冒险。（我甚至认识这样的夫妇，他们就做到了这点，一直等到了婚礼！）然而我对他们的性生活、内在的火焰、男人和女人的欲望以及力比多①一无所知。有的人成功地将它压制下去了，有的人却没能做到，尤其是到了一定年龄

---

① 力比多：弗洛伊德理论中的词汇，指本能。

之后。没有完美的事情。

外脑记录：

昆达里尼力量

大多数密教传统都承认每一个灵肉有机体与生俱来的巨大力量。怛特罗经典将它描述为"内女"或者昆达里尼沙克蒂性力，形象地将它比喻成一条盘曲在人的丹田部位的危险可怕的小蛇。这股力量平时是潜伏、沉睡着的，被唤醒后则可变成创造性或毁灭性的，正面的或负面的。这取决于每一个承载体的意识控制能力。

（红笔注释：可是每一个人的昆达里尼力量生来并不一样!!!）

大哲学家庄子写过《井底之蛙》的故事。有一天，一只海龟来看小青蛙，告诉它大海的广袤、神秘和美丽，叫青蛙和它一起去……可是青蛙不相信，它无法想象小井之外的一切事物，只好一辈子生活在井里。

我从小就听说过大海。虽然我没去过，但我不害怕大海，它甚至召唤我去，可是没有人带我去。我的生活如平静的河水，只有无尽的平淡，没有危险的漩涡和暗礁。但我的血液里有什么在渴望更加野性的生活。直到在这里，中国，我才第一次有了这样的机会。顷刻间我就做出了决定。

实际上我做错了什么呢？难道是一段时间以来我再也没有想什么学术问题和毕业论文，取而代之在国际大都市北京的夜店酒吧闲泡并经常熬夜？或者难道是一段时间我彻底忽略了图书馆和学习？难道是在嘈杂的迪斯科舞厅令人亢奋的音乐灯光下与各种肤色的男人偶尔调调情，体会一下低俗的肉体快乐？难道是我第一次把内在的慕男狂癖好和其他我不曾知晓的色情倾向释放出来了？直到在亮的身边我才安定了下来。虽然有时候我也还会走神，但是他不会知道。我也不知道他内心的惊涛骇浪。我们俩的内心世界都有自己的魔鬼。也许没有？（现在我又有一点没有把握了。）

"慕男狂"这个词听起来好像是医学诊断术语，可能用"轻浮"或者"拈花惹草"这样的说法更恰当些。不过"慕男狂"这个词的发音很悦耳。

对我来说"慕男狂"不仅仅与迷恋肉欲相关，与它关系更密切的是好奇心和色情幻想。渴望和男人调情，看到男人被激起的兴趣——这狂野的难以驾驭的渴望！我们俩的色情能量相互层叠加强。只需偶尔一个暧昧的暗示或眼神。那是一场游戏，欲醉欲仙，亢奋难抑。不过大部分时候我只是点到为止，并没有兴趣深入下去，所以我也算不上真正意义上的慕男狂（如果没有我的责任感和根深蒂固的道德观念束缚的话，我的行为和后果显然会很不一样)。总之，能激发我的色情好奇心的也只能是某种类型的男人。教育水平可以说并不重要，重要的是意识和理性之外某种超感觉的东西。

据说玛丽莲·梦露是出了名的慕男狂。乍看起来似乎这一切跟身体和脸的美有很大关系，可实际上没有那么大。

关于慕男狂和喜欢拈花惹草的倾向，我相信是天生的，这性格肯定写在人类基因书上的某一页某一行里。就像文学和音乐天赋一样。但需要外部刺激把它唤醒。

我感到有些无助。我想象昆达里尼蛇的力量在我的丹田内人格化了。沉睡、神秘的阴性存在。她美丽迷人，赋有创造力，同时又很危险，具有破坏力。我明白，我必须和她争斗，想办法将她勒住，免得我从肉体和精神上毁了他人，当然尤其是自己。这是我的责任，没有丝毫借口，我无法推脱。我有自知之明——我当然不能以"这是天生的，不能怪我"这样的借口来逃避责任。在我看来，那实在是太过愚蠢的托词、虚弱的辩解。只能将某些禀性和倾向压制住，用严格的自律来约束它们。别无选择。最理想的办法是：升华它们。

我的本性……在中国我终于能够深入探测它的秘密了。之前我对自己和世界的认识极度的局限、不全面。我生活在书香世界，一个在真实、可掌控世界之外的童话国度。亲身体验生活的一切，是完全不一样的。真实而完全地亲身体验自我，极其壮观。

中国人常说，一个人为了获得智慧必须"读万卷书，行万里路"。过去我感觉前一句更重要、更高贵一些。直到遇上亮以后我才明白，如果没有后一句，前一句就几乎没有什么价值，跟死的一样。我应该向他学习——彻底品尝，享受生活，轰轰烈烈，淋漓尽致。

也许从开始他就知道我从事一板一眼的理论学术研究是一个错误。有一次当我满腔热情地向他透露我的毕业论文主题的时候，他仔细地看了看我，说：

"伊莎贝拉，你认为这有意义吗？"

"当然有意义，"我有点不高兴地答道。那一刻，我想起了各种专题讨论会、大型国际会议以及刊登专业文章的东方文化论文选集和杂志。更不用说我教授的欢喜了。

"你知道是为谁做这些研究吗？"

"是的，知道。"

"那就好。但再仔细考虑下。"

我们再也没有回到这个话题。他从来也没有强迫、劝服我放弃我的专业。他用了另一种方式：他在北京给我介绍了很多有意思的人。主要是艺术界的。带我去这些朋友家做客，或者参观他们的画室。他不希望我用呆板枯燥的方式来研究中国文化。例如，他鼓励我多摄影。他对我的观察力和创造力很有把握。可是我不够自信。我的手按出了上百张废片。这真让我绝望。另一方面,我也责罚自己,和他在一起的时候忽视了学习和收集论文资料。

摆脱了他的影响,今天我终于又回到严肃认真的中国文学研究上来了。我下了决心。在中国的那两年我没有埋在书海和理论里面,当时对我来说十分重要。而这一段重要的间隔,让重返理论研究的我更加高兴。是的。无论如何我还是确信我天生就是从事逻辑分析和理论研究工作的料。不适合搞艺术。

我又一次偏离了本性。再一次强迫自己挑起了一副压迫和窒息自我的重担。我决定满足我的导师,不让他失望。我把他对我的期望摆在了首位,好像忘了自己。在某种程度上这是犯罪,但我却没有意识到。

可惜的是,我们自己的灵魂——最深、最神圣的"自我"——无法给我们写信,或者传送"白纸黑字"那样可以触知的信息,直接而且非常明确地告诉我们它的要求。如果可以的话,它就会警告我们对自己犯下的暴行……它能做的仅仅是向我们发送、显示特定的信号和迹象——有时候以托梦的方式。它的能力也就到此为止了。所以,要明确识别它的需求和愿望,像隔着透明洁净的玻璃看清一切并采取相应的行动，总是十分艰难的。

我们刚认识后不久，亮对我说：

"我观察了你很久。你属于这样一类人，看一朵花的时候不仅仅注意瞬间的美丽，而且还对这朵花如何在自然界生长、喜欢什么样的环境感兴趣。你能想象它的气味，也许你也能想象它凋谢、干枯后的颜色。"过了一会儿又补充道，"你能想象吗？第一次见到你的那个晚上我想了很久，你的眼睛到底是什么颜色的呢？起先我觉得是紫灰色的，然后我又觉得有点发绿……"

"你都对了。"我笑了。

"我知道我对了。被造物主赋予这样眼睛的人必然能够领会和感知世界，创造很多美，知道吗？"他看着我，像一位慈父。

他非常希望我停止学术研究，逃出它的陷阱。你做这个实在是太可惜了，他曾经不无伤感地说过。可是我已经过深地陷进了那个世界，被符咒束缚住了。

"不，你不会是一个书呆子，"他半开玩笑地说，"你不像。"

"那我像什么呢？"我带着孩子般的好奇问道。

"很难说，"他想了想，"也许你有点像窥视凡世的仙女，或者……别强求我继续回答了，好吗？我的小学者。"

最后一句话他说得特别轻，没有一丝讽刺的意味，然后温柔地拥抱了我。其实他自己更像不食人间烟火的人呢。

我们刚开始谈恋爱的时候,有一次他有点神秘又有点不好意思地问我,是否同意他按我的形象做一个雕塑。那应该是他生活中的第一个雕塑。过去他只做油画、版画和插图。

"可是,"他停了一下,"如果没有完全按照你的样子的话,希望你不会介意。雕塑的身体曲线和脸都会有一点和你不一样的。"他略有沉思地补充道。

我没有吃惊。我很了解他的审美观。他一直有自己的思想和理想——比现实更重要——他所做的一切都是为了适从它们。今天,我终于感到无比的轻松了!

过去我不自觉地嫉妒过他的雕塑和画作。在我看来,它们在他的生活中排在首位,然后才是我。虽然他不愿意承认,但是我怀疑我在他心目中的位置实际上排在后面,非常靠后。他首先是一个艺术家,然后才是男人、情人、老师、父亲,或者其他什么的。我根本没法改变他的生活,我感觉到了这点。他已经在自己——那条与常人非常不同的——轨道上深深地扎下了根,我只是隐隐约约地感觉到了他的坐标。

我一直蜷缩在床上,像一只小猫。逐渐有倦意袭来。今天我平生第一次体会到了某个重要事物终止的残酷以及结束和死亡的痛苦。结束,同时也是开始。

亮……我会怀念他。他的嗓音,他沉思的眼睛。那天鹅绒般柔软的、艺术家般敏感细腻的触摸。在他身边我意识到了很重要的一点：在女人的生活中，最重要的男人并不是第一个占有她的男人，那个"拿走她童贞"的男人——像有些陈词滥调说的那样，而是揭开她最深刻的肉体快乐之谜的男人（并且是和她一起！），那个给她施行过奇妙又极其重要的启蒙仪式的男人。亮在我的生活中将永远占有一个非常关键的位置，独特而神奇。

我一直非常清晰地记得那个礼拜天的下午和那个画面。它寂静的秘密……斜阳通过半透明的窗帘射入小小的房间，窗外的院子异常安静，那蜂蜜般金色秋天的黄昏从外面渗了进来。一个男人和一个女人，在最深的亲密之中。除此之外，任何人、任何事都不存在。亚洲人口最稠密的城市之一的市中心。两具瘦长的胴体，在暗淡的光线下，芳香、完全裸露。白色的柔软。流动。那一时刻奇异的力度。我生命中重要里程碑的时刻……那一刻所发生的一切都深深地刻入了我的脑海和身体的记忆之中。每一个动作，每一种气味，每一个声响，每一个念头以及每一个最细微的感官颤动。

然后我们就这样躺着。没有言语。好像过了亿万年。夜幕降临的时候我们上了街。陶醉、饥饿。自恋、享受地望着商店橱窗玻璃里我自己的影像。一个陌生人突然和亮搭讪，拍了一下他的肩膀说，哥们，你真有本事！然后背道而去了。一切都像是电影。我穿着一件鹿皮的夹克，领子和袖子边有厚厚的毛皮。

生活中第一次感到自己像一个女神。

外脑记录：

灵魂和肉体

活得完全充实意味着某种形式的"性"质——活得积极、投入、敏感、感性而多彩。做爱艺术的质量扩展到整个生命，给它以活力，使之更有滋味。性通过情感纽带与情欲帮了灵魂很大一个忙。

在亮身边我学会了穿优雅的高跟鞋、性感的内衣、蕾丝吊带袜，用好闻的香水，尝试新发型……这一切都是慢慢地、自然地发生。他非常出色地使我成了一个真正的女人。我的的确确这样感受到了。在他身边我开始全新地感知自己——在新的色彩和空间，在每一个苏醒的感觉中。

我的身体似乎开始了全新的运转。每一个细胞、每一寸皮肤、每一根头发、每一个动作、每一次遣词造句，甚至睡眠……一切都变了。崭新的一切。我的身份认同变了，或者更恰当地说：完满了。当时的照片忠实地记录了这些变化。

永远也无法从内心抹去那些太深刻太重要的经历……我带着感激和爱意怀念他。突然感到我的身体将比灵魂更加怀念他。这感觉吓坏了我。在那段时间里我们俩好像逐渐长到对方的身体里去了，我们的身体在对方的体内扎下了根，看不见但生命力顽强，远超过习惯的力量。我感到一种令人恐惧的不完整感。分开两个不同的植物纠缠在一起的根——虽然"藕断",但"丝"还连着。我不清楚,到底我的哪一个部分更离不开他:我的灵魂,还是身体。

等待我的是孤独。尊贵,同时又令人恐怖的孤独。似乎我的内心深处仍在怀疑。尽管沮丧和绝望细细地缠住了我,我却开始以一种奇怪的方式向往未来。对于它,我觉得我现在武装得比以前任何时候都好。我下定决心要更仔细地听取内心的声音。它们早就告诉过我,例如,亮已经经历得太多了。生活这本书里最重要的章节他已经翻过。他有很好的社会地位,也有昔日那些永远也挥之不去的阴影。但是,我呢?

我总是热情又情愿地想把自己给他,但事实上我连自己都没有完全拥有。在他身边的时候,我手中什么也没有,简直可以说是一无所有。我一直注意的只是他的成就。我必须筑起自己的世界,谁也拿不走,在里面永远会感到安全和舒服。对他来说,我显然只是一个纯洁的(肯定也是幼稚的,尤其是刚开始的时候)、让他着迷不已的女孩子。我曾看到他是多么想要我。在他长时间辛苦的创作期间,我给了他生机和娱乐……我又一次觉得他实在是太自我为中心了。仅仅隔着很不起眼的一小步之遥,我差一点陷进了一段不平等的男女关系。

我不清楚,如果留在他身边的话,我会怎样生活。他到底会给我多少追求自己的爱好、发挥自己才能的自由和空间，但我永远也不会知道了。我甚至怀疑，他是否受得了他身边有一个成功的女性伴侣。也许他仅仅需要一个情人，生活中奢侈的附属品和装饰品。占第一位和第二位的永远是他自己和他的创作计划和项目，亮……你不会同意，是不是？

一定是我内心深藏的理性本质获胜了（是我的遗传吗？）。虽然我的理性是很有争议的。有时候我感觉自己理性得可怕，有时候又觉得恰好相反。尤其是在实际生活中。这要看我是和谁在一起。大部分时候，我自己的感觉是没有脚踏实地。和亮在一起的时候我也经常感受到他的优势。和我不一样，他非常清楚自己想要什么。可能是骨灰级的准确。

或者我内心强大的自我保护本能与直觉联合起来取胜了，这生命存在中极其珍贵的东西。以前我似乎总是逃离自己的灵魂，跑得远远的。回家的路，回到我的存在最深刻内心的路，回到神圣真理的路，是如此的漫长！

这真是一个极其特殊的日子。我感觉自己好像突然老了好多岁。我生活中最重要的部分汇集到了现在唯一的一点，新的关联与重要的真理出人意料地显露在我面前。虽然目前有些还只是预感。

灵魂也有自己的历史，就像世界或者整个宇宙一样。在个人灵魂的历史中，一天，甚至一个瞬间，都可以和人类历史上任何一个值得纪念的伟大日子——成千上万小时的思考、准备和决心的结果——相媲美。这个时候，无从计算的巨大能量在宇宙中释放，在地球物理世界足以引发一场地震或者毁灭性的飓风。那时候灵魂就会跳到上天注定的分岔路口，为自己重新选择新的方向。

这一天在我内心旋起了神秘的力量。在我灵魂里引发了奇怪的、以前不曾认识的警醒。我感觉好像有难以置信的浓郁、丰富的色彩在我心田流淌开来，什么颜色都有，除了灰色，我唯一害怕的颜色。

我慢慢入睡，内心充满了平静，好像有奇香缠绕，它以独特、非常的力量穿透我，又旋转着用向心力将我拉到它身边。它从所有的开口向我倾泻，像神秘的灵丹妙药，令人陶醉、兴奋，无法摆脱。"荒野之香"……我十分情愿地向它屈服了。那个时候我就知道，我永远也无法把它从内心抹去。我没有想到的是，在以后对抗枯燥沉闷日子的战斗中，它会给我如此巨大的帮助。那长久不愿放弃，从远处偷偷潜伏、逼近、准备攻击我的日子。

第二部分

充满激情地

三年后我再次来到中国。第二天我就赶紧给他打了电话。我本来是要到上海去的，可是大部分航班都经过北京，我就决定在北京待几天。

　　这三年来我一直没有他的任何消息。根本不知道他是否还住在老地方……天啊，如果接电话的是个陌生女人的话该怎么办啊？怎么跟她讲？难道跟她说，我要找她的丈夫或者男朋友吗？根据我的口音对方马上就会知道我是外国人，那样，他就会有麻烦了……我拨着他十位数的电话号码，一边拨，一边感到心在上蹿下跳。他的电话号码我还记得清清楚楚。

　　接电话的是亮。那个熟悉的、天鹅绒般温柔的嗓音。我的第一感觉是他有点吃惊，甚至有点不自在。我猜想他身边还有别人，所以就很简略。我们约好下午五点在市中心最大的酒店大堂见面。过了一会儿他又说还是先来接我为好。

　　我住在一所著名大学的留学生宿舍里，从这里到市中心，开车的话也得一个半小时以上。亮开着一辆崭新的豪华轿车来了（那个时候在中国能够拥有这样豪车的人还寥寥无几）。他迟到了，为此连连道歉。在宿舍门卫室看到他身影的时候，我发现他已经没有了以前的生气和魅力。我猜得出是什么原因。

　　他很吃惊地打量我，似乎强掩着内心的钦佩。和最后一次看到我的时候相比，我更加女性了一些。发型、衣着风格、颜色搭配、化妆方式……所有这一切都更大胆，而且事先仔细、周全地考虑过。然而，最主要的变化却在别处。

等到我们在轿车内坐下来，他看上去有点紧张，他把自己的新感觉归纳成了简单的一句陈述：

"你似乎比以前更自信了些。"说完了动身体。

我有点窘迫。一下子不知道如何回应。这句话的内容虽说一点也没让我吃惊，但是从他口中说出来却是出乎意料。他不习惯用具体的语言表达和我有关的情感。

轿车正要启动的时候，他突然想起了什么：

"你看，差点忘了。"说着便把手伸到后座。

后座上放着一大束清香的鲜花。颜色就是三种：绿色、紫色和少许黄色。都是我最喜欢的颜色。

"给你的……"

"啊，太美了！"我像小姑娘一样自然地在他脸颊上轻吻了一下。

最后一次别人给我送花是什么时候我已经记不得了。肯定是很久很久以前了。在中国，男人一般不习惯给女人送花。偌大的首都也就那么几家花店，像藏红花那么稀罕。

* * *

我们进了那家豪华酒店一楼的咖啡馆，在令人愉悦的暗处坐了下来。这里有许多巨大的植物，茂盛的枝叶相互交叉簇拥。我们的座后有瀑布飞流,水声潺潺。远处有细细的音乐传来。有人在现场温柔地弹奏爵士乐曲。一刹那间我似乎忘了身在中国。亮给人的感觉一直十分紧张。

他和我。我和我以前的中国情人。我们面对面地坐着,扮演着新的角色,各自都有点不知所措。我们不知道怎样恰当地扮演自己的角色。我俩都尽力保持适当的距离和各自的尊严。我可能更容易些。完全自由,无牵无挂。自由得有点危险。我感觉,到某种程度我仍然可以影响、控制他。

"年底我准备结婚了。"还是他先开了口。

从他的语气可以听出来,他只是在陈述一个赤裸裸的事实。生活中的一个必需事件。不多也不少,仅此而已。我还在思量,这是不是给我的最后一次机会呢?如果我现在说想回到他身边的话……但是我马上又怀疑了起来。也许,这一切仅仅是我自己的胡思乱想而已。他不是一个喜欢玩弄感情、伤害他人的人。在和女人的关系中也不是一个轻浮鲁莽、无法预测的人。

然而有一点我可以肯定,如果他结婚的话,肯定不想再见到我了。

"我见过她吗?"我毫不掩饰自己的好奇心。

"我想,你大概见到过她一次或者两次。她叫芬芬。"他有点胆怯地补充道。

哦!我想起她来了。学工业设计或者类似专业的,以前在他房间里碰到过。有一次来看他,待的时间不长。她是那种话不多的女人。给我们看她新买的鞋,亮为了礼貌起见夸了几句(我不相信他是真心喜欢)。她既不是十分漂亮,也不是十分聪明。这是她留给我的十分确切的印象。虽然比我还年轻一两岁,但是她的举止却是特别的平静和自信。

靠着女性特有的本能直觉,她一定在很久前就感到了我和亮的关系有点问题,于是她坚定地站在不远处,在隐蔽的地方,像一个不知疲倦、企图猎住老虎的空手猎人。看到老虎已经受伤,不久就会死去。如果她一直守着它,跟着它的脚印屏气匍匐追击,那兽终将成为她巴望多时的战利品。自从我退出他的生活后,很多女孩都曾对他垂涎三尺。

"怎么刚好是她呢?!"我几乎叫了起来。

"安友硬是把我说服了。是他把我俩凑合到一起的,"他有点不好意思地跟我解释,"他认识她很久了,知道她是个好姑娘。"更具体地补充了一句。

"我不知道你说的'好'是什么意思。但即使她就像你说的那样,就可以足够让你幸福吗?"我带着责备的眼光看着他。

"我只需要有个人爱我就行了。除此以外都不重要。"他慢慢地,有点犹豫地说。

这句话我不止一次听他说过,然而现在我怎么也不相信。听起来十分缺乏说服力。

"亮,她永远也不会理解你的。你不能欺骗自己!"

他再也没有说一个字。

安友是亮在北京最好的朋友和同事。他们一起合作过许多雕塑。在中国，亲朋好友帮忙做媒是很普通的事。不少婚姻就是这样促成的。某个第三者认为自己有权决定另外两个人在一起是否合适。

而我从小就鄙视和嘲笑这种做法。生活经验让我更加欣赏一见钟情的爱情。强烈、直觉、不受周边观念影响。很久以前我就和他说过这个观点，从理论上他也是同意的。

"你永远也无法理解在这个国家，周围环境给每一个个体的压力。另外，朋友们也常常是真心为你好。"他辩解道。

对此我从来没有同意过。"你朋友自己不幸福，所以也不会希望你幸福，你不明白吗？"

他反对我的观点。据他所说，我不知道什么是真正的友谊，以及它的美和力量。

从某种意义上说，他是对的。

"但是，说起周围的压力，"我开始继续攻击，"你从来就不属于那些……"我突然停了下来。我想到他一个人返回空荡荡的公寓时心里的恐惧。自从我离开他以后，这恐惧只会更大。从某种意义上说，谁和他一起生活，对他来说似乎无所谓。疯狂得很，对不？但事实的确如此。

那一刻，我扪心自问，是否嫉妒他的新女友了？我自觉没有。虽说在某种程度上，我觉得仍然喜欢他。但是，已经不是情人般的爱情，只是好朋友之间的友情。我非常尊敬他，也真心希望他幸福。但是，他要找到能够替代我的女人,其实很不容易。

"伊莎贝拉,真是奇怪,"他突然说起,"我从来没有主动去找过钱和女人,可是,他们却主动往我身上跑。"

"当然了,这两样东西其实是密切相关的。如果一个男人又成功又有钱,女孩子们不围着他转才怪呢。不过,那个时候就很难分辨清楚到底哪个女孩子是真心爱他的了。"

"嗯,这是个问题。很早以前我就意识到了,"他思忖了一下,"但是,你却完全不一样,这点我永远也不会忘记。"他低下头吸了一口烟。

刚认识伊莎贝拉的时候,他正是债务缠身,但在她面前却伪装得天衣无缝。直到他接到第一个订单(在中国南方的一个海滨城市做一尊巨大的雕塑)以后,他才开始将一把把沙沙作响的彩色钞票往家里拿。在这以前他仅仅做版画。她的胴体激起了他创作雕塑的欲望。它来得自然而然。他生命中注定的灵感。他离婚后过着十分混乱的生活。女人们喜欢他的钱。伊莎贝拉却不一样。这点让他吃惊。他不习惯。他似乎没有完全明白她是真的仅仅对他——他的灵魂和肉体——感兴趣。

当我们分手的时候,亮已经是一位事业上如日中天的艺术家,刚刚评上了副教授,还分了房子。媒体也争先恐后地想报道他——虽然不怎么成功。他对媒体不感兴趣,这点只有包括我在内的少数几个人没有责备过他。

外脑记录：

论理智的完美（斯宾诺莎）

从人类的行为可以判断，人最重要的幸福均与财富、荣誉和肉体愉悦这三样事物有关。人的灵魂被它们如此迷惑，以至于再无法想象其他的幸福。

（铅笔注释：也就是钱、地位和肉欲享受——性、食物等。查一下："性"这个字是从什么时候开始在斯洛伐克语里面开始使用的呢？）

当我和亮分手的时候，他什么都有了。虽然他并不是很在乎财富和荣誉。至少那个时候我是这样想的。也许他那种神秘、超越物质世界的高贵仅仅是我天真的想象而已。是不是那样，现在我也无法确定了。

我们分手前夕，他已经是一名成功的雕塑家，有一次他对我说：

"每次当有什么满到快要溢出来的时候，当我似乎幸福到极点的时候，就感到快要物极必反了。伊莎贝拉，你知道吗？从快乐到痛苦只有咫尺之遥。"

从他的眼睛和声音里我感觉到了一丝淡淡的忧伤。从内心极深处涌出的忧伤。他似乎预感到了什么。十分敏感的他一定感觉到了我内心世界的变化。或者没有吗？我又没有把握了。他主要生活在自己的欲望和梦想的世界。我不知道，到何种程度他能感知现实。从某个时候开始，我们俩中间，我成了更加理性的那位。直到我们的关系快要结束的时候我才明白，我曾经多么地违背了自己的意愿。

关于痛苦，我有自己的想法。尽管如此，亮的那番话我当时并没有完全明白。我当时还太年轻了……虽然只过了几年，但现在看来，却好像是极其遥远的事情。我看着这一切像一部放慢了速度的黑白电影。那个演主角的年轻姑娘处理当时情况的果断，让现在的我惊叹不已。虽然我理解她，但有时我又觉得，她和我是两个不同的存在似的，差了十万八千里，好像仅仅只是同名同姓而已。

不知不觉中，钢琴家演奏的曲目已经变成了古典音乐。我看不见演奏者。一直是同一个人在弹吗？还是换了人？根据听到的演奏，我没有完全的把握。

"啊，我想给你看个东西，"他突然想起了什么，从外套里取出一个大信封来，"这是我的画和雕塑的照片，你不在的这三年间的作品。"

数量相当多，多到令我难以置信。其中一些还是以女性为主，也有不少作品是孤独的男性。雕塑作品基本上都是一个男性。

"感觉我们分手以后，你就进入了生命中最多产的时期。"我说着，视线没有离开这些照片。

他点了点头。

"有时候我觉得自己会发疯。我越痛苦，就越狂热地工作。那是托住我，使我能够活下去的唯一支柱。"他的脸上露出沉思的表情。

我试图想象他这几年的生活。然而我几乎什么也不知道。我知道的仅仅是他比我更不容易，但这段时间他却利用得比我更好，更加多产。

"其实你应该感谢我和你分手了，否则你不会创作这么多痛苦的美丽出来，是不是？"我的话毫无遮拦地涌了出来。

他有点惊奇地看着我。我本不是刻薄的人。

我明白了他看我的眼光。

"原谅我。"我有点内疚地说，然后我们沉默了一会儿，任各种图像、回忆和预感、联想飞速旋转。

我们边上刚好有几个外国人走过，三男一女。他们说着英语，心情不错，正激烈地讨论着什么。更准确地说是三位男士在听那位女士讲话。他们不像是商人。我突然很想知道他们来北京到底是做什么的，也许是传教士吧，或者是来参加国际会议的。

我又看了亮一眼。他表情严肃，好像深陷泥潭无法自拔。

"请告诉我，当你回首过去，哪一个时期对你来说是最美丽、最幸福的呢?"过了一会儿,我换了主题。

我也经常问自己这个问题,不容易回答。

他却不假思索地脱口而出:"在欧洲的最初两年,以及和你在一起的那段时间。"

他的声音小到几乎听不见。然而,随后悲伤的一声叹息却没能完全掩盖住。是啊,他似乎一直还坚信,在我身边的时候,真正的幸福曾向他招手。可是,我却不愿意以毁灭自己为代价做他的终身伴侣。

我喝了一口几乎凉了的咖啡,突然在我眼前浮现了我经历过的无数场景,在豪华的餐馆、酒吧里,我坐在他对面时所感到的痛苦和空虚。他可能喜欢听我讲话,这确定无疑。然而他的灵魂却没有能够和我的灵魂紧密相连。我们在一起的时候,常常好像没有什么话可说,虽然他的内心一定隐藏了许多非常了不起的思想和故事。我从来没有完全理解过他的内心世界。他很少谈他的内心。或许是不想说,或许是做不到。

他常常给我极度疲劳的感觉。生活、各式各样的纵乐和痛苦带给他的疲劳,一种特殊的倦怠症。同时,自相矛盾的是,他生命里却不停地燃烧着令人难以置信的奇异烈火。很久以前我在日记中这样写道:"亮是一个圣人。如果没有对自己创作的过分痴迷和巨大的性瘾这两个因素的话,很适合做佛陀的徒弟,和衣衫褴褛的苦行萨满师住在森林里。"我常常震惊,他那么瘦弱的身体里怎么会有那么多野性的能量来满足上述两个爱好的。

> 我还怀疑过亮是不是性瘾者。那种性欲过分旺盛，对性交快感产生病态依赖的人。我有一次读到过，性欲是人类最后启动也是最早熄灭的本能。但我强烈怀疑他的性欲不会是最早熄灭的，肯定不会。他是那种即使在临死前还剩最后一口气的时候，还想要性交的人。

我们有时候可以一天"云雨"几次，而且几乎可以在任何情况下做。他没有任何障碍（我最好还是不要讲细节的好）。有时候几分钟就够了，有时候，主要是夜里，却可以持续好几个小时。床边摆着水果，屋里响着轻柔的音乐，燃着蜡烛和线香，伴着我们特有的性爱仪式，长时间缓慢而优雅地释放我们的激情。我们俩都有丰富的想象力和创造力。这些都是情人们从第一刻就能觉察到的特性。很显然双方相互下意识地传送了一些超感官的信号。我们俩都不喜欢规律，任何事情上面的规律，这是从一开始就紧紧地把我们连在一起的共同点之一。

服务员给我端上了一块蛋糕，并祝我好好享受。这五颜六色的奶油水果蛋糕仍然是按过去的传统配方制作出来的。我吃惊了片刻。根本不知道他什么时候给我点了蛋糕，仅仅为我一个人点的。

那个时候在中国吃上一口蛋糕，而且是带奶油的，还真不是一件容易的事情。北京那个时候也没有专门的甜品店，西式甜点仅在最豪华的酒店才能碰到。中国为了满足外国人所做的努力令人难以置信。

亮从不吃甜食，这是他的原则。取而代之的是一个劲地抽烟，现在已经是第七或第八支了。

他的目光在不经意间滑落到她的戒指上。美丽的银戒指，他很喜欢。伊莎贝拉的手纤柔细长，她的品味也很高雅。如果是他的女人的话，他定会给她买钻石……然而他怀疑她是否在乎这些东西。她酷爱美丽的珠宝首饰、古董等等，却并不想占有它们。她一直在寻找其他的什么。他感觉到了。他突然明白，不管是以前还是现在，他其实对她知之甚少。他心里甚至涌起一股醋意：这几年又有多少男人睡过她呢？那情景极其残酷地折磨了他一会儿。然而他控制住了。这样问她显然不恰当。她已经不属于他了。或者，他对她的私生活还有一点点知情权吗？好几年了，他们之间的关系还没有烟消云散，没有完全归于沉寂，难道不是这样吗？

"噢，你的情况呢？"他突然把我们的思想换了一个方向，然后看了我一眼。"除了要去上海写博士论文，这几年你在家做了些什么呢？有什么计划吗？"他坐正了，舒服地靠在沙发的靠背上。刚才的紧张感似乎消减了一大半。

"很顺利。去年我大学毕业了,并且在科学院找到了很好的工作。这次到中国来是想找一些重要的档案。明年我准备去哈佛大学读博士……"我清了清嗓子,不由自主地开始抚弄手镯。"谢天谢地,我再也不是以前那样悬在空中、脚不踏地的人了。"

过去仿佛是一场噩梦。我和他在一起的时候,手里什么也没有,空空白白的。甚至连回国完成自己的学业都不一定……我迫切需要建立一个属于自己的、谁也拿不走的世界。现在终于有了。然而我不想讲自己。此外,我深信他对这些也不会感兴趣。过去,对他来说有意义的仅仅是和我们俩都有关的事情。至于我的未来,当时还太朦胧了。我确实有努力从事科研工作,并在事业上取得一番成就的想法,但这主要是理论上的。另外,一个声音已经长时间在我耳边悄语:一切还会急剧改变。

我喜欢变化,同时也很好奇,新的一年里中国会给我带来什么。远离家人、朋友以及各种令人愉快或压抑的环境,人会成熟得更快。我又一次有机会探索自己生命的本质,我想好好看看,那里到底隐藏着什么。有一个声音悄悄地告诉我,别让亮再看到我,那样会折磨他。彻底从他生活中消失。越快越好,越彻底越好。我看到他非常痛苦。可是我做不到那么过激。

再过几天我就要离开北京去面对一种完全陌生的生活

了。几乎在这个国家的另一端,那里我一个熟人也没有,什么也不知道。这几天在首都,我有一种离家几年后回家的感觉。虽然北京发生了很大的变化,更加现代化了,但环境还是与我离开的时候一样亲切、熟悉。我甚至可以想象有一天在这个城市定居下来。

我突然想起一件重要的事来,于是就问他:

"在去上海之前,我很想再看看你住的老公寓。可以吗?"

他告诉过我,不久就要搬家了。要搬到一个更宽敞、漂亮、更现代化的公寓去。但我也考虑过他有可能会拒绝我,一时不安了起来。

"这还用问吗!"他说,似乎这是最自然不过的事。不过,他也肯定理解我刚才的不安。

亮的老公寓,我们俩度过无数日夜的地方,其实只是一间不大的房间,离门不远有一个带咖啡机和洗碗池的小"厨房"角落。厕所和浴室是公用的,在走廊上。他不需要正规的厨房。反正一直都在外面吃。在北京市中心有那样一个属于自己的小天地真是奢侈。此外,那个房间也很舒适。从进门的那一刻起我就喜欢上了它。我真想在推土机将它和周围的老房子夷为平地之前最后再看它一眼。它们肯定会成为强制性的、充满争议的旧城区改造计划的牺牲品。

"唉,如果在那里碰上她怎么办?"我不安地看着他。

"没关系的。我不需要在任何人面前把你隐藏起来。其实……她早就听说过你了,也知道你来了。请不要把这件事看得太严重了,"他安慰我,我知道他确实是这样想的。

我真高兴。

* * *

说到做到。几天后我有事到市中心,顺路经过著名的中央美院,去了大院内他的住所。

我在门上敲了几下,有点不安。

"我知道你今天会来的。"他打开门欢迎我。

芬芬刚好不在,好像上街买东西去了。

"她知道我要来吗?"

"不知道。我干吗要告诉她呢?如果她偶然回来,那就回来好了。我们又不是在做什么坏事。"他用一个成熟男人果断的眼神看着我。

"你没告诉她也好。女人喜欢担心……而且,我也不会待太久的。"我一边说着,一边在坐下来之前,好好地打量房间。

第一个刺激我眼睛的是那张豪华的双人床,以及上面浓艳的花被子。它们占了整个小房间的近四分之一,过于招眼。我们俩以前只需要角落里一张窄窄的、不起眼的小床就够了。

第二个大的改动就是门后巨大的镜子。几乎把整个门都掩盖了。"光而不耀"的书法不翼而飞了。然后那个巨大的玻璃花瓶，以前总是插满了鲜花，而今却是灰尘遮面。肯定很久也没有人动过了……大的改动很多，令我惊讶不已。但我宁愿什么也不问。

原来墙上挂着他在欧洲生活时创作的四张版画，他最喜欢的，现在已经被她女友的五张巨幅照片占领了。那五张照片的背景都十分媚俗：夏日公园和凉亭、美国的摩天大楼（当然就是曼哈顿了）、书架边幽静的角落、艳丽的湖上落日……再配上矫揉造作的摆姿和华服，像台上浓妆艳抹的演员，保证谁也认不出卸妆以后的本人来。这是当地影楼的时髦项目。亮怎么能够容忍在自己的公寓里挂这样的东西呢？这太令我吃惊了。

只有几秒钟的工夫我就完全明白了。但是那巨大、激烈的变化在第一时刻还是震惊了我，完全出乎了我的意料。我还以为在这里会像以前一样舒适呢，我真是太天真了（可能是我疯了）。

我决定再也不去研究所有的那些变化，小心地，像以前那样在地板上坐了下来，面对着他。他则去放了一盘我送给他的古典音乐磁带，然后打开了果汁，在我面前放了一小碗芝麻饼干。我却什么也没有动。

你把我们的公寓弄成什么样了?! 第一刻我还有这样的冲动想问他，但是我控制住了自己。他自己当然是再清楚不过了。此外，这公寓早就不属于我们俩的了。

"现在这里是完全不同的精神。"我失望地望着他。

他只是一个劲地抽烟，眺望着窗外某个未知的地方，仿佛根本没有听见一样。

他很清楚她内心的感觉。他有点内疚。内疚混杂着无奈。他感到很糟糕、很可怜。真操蛋！在她面前他仿佛是裸体的，注定的失败者。为什么同意她到这里来看他呢？他并不想伤害她。但是，他们的关系吹了以及她到这里来看他毕竟都是她的意愿。奇怪的是，他意识到他在她面前毫无防御，像完全被解除了武装一样。无法反驳，也无法在她面前隐藏或假装什么。在他看来，这些都毫无用处。她有着惊人的直觉，很多事情都能自己推理琢磨出来。

接下去我们又聊了一会儿。他说他也要到上海去，安装一个新做的雕塑，就在两个星期后，美国一家大公司预订的……整个聊天的过程我如坐针毡，很快我就起身告辞了。我不想在这里碰到他的女友。

他没有留我，在我看来，甚至高兴我走了。不管承不承认，他肯定不希望我们三个人在这里碰到一起。我准备开门的时候，他突然用力把我拽到他胸前，然后将湿湿的舌头伸进了我的嘴里。动作娴熟完美，一如既往。

他让我困惑。我的身体里掠过一阵电流，让我微微发抖。已经很久没有人这样吻过我了。此外，他的这一行为完全在我的意料之外。一种不加控制的行为。在我看来，这让他自己也吃了一惊。突然他控制住了自己，意志坚决地把我推开了。如果芬芬不是任何时候都会回来的话，也许我们会再一次狂野地做爱，将音乐开大，为了不惊动邻居，像以前一样……实际上不是也许，而是肯定。

我比他容易些，我的自由身份激励我获取。那正是我身上可怕的破坏力。连我自己都害怕。我知道，我应该尽快把情感固定在一个男人身上。只是至今为止我还没有遇到这样一个合适的男人。

亮，别和她结婚！你不能这样做！一时间我想对他尖叫，然后把这一句话用大刷子在房间里面和整幢楼房外面的墙上写出来。

那个女孩子一点也不让我可怜。我觉得她是一个颇有心计的冷血女人。任何种类的心计，尤其是男女关系之间的，从小就让我恶心。它剥夺了人们体验那自古至今创造过无数奇迹的伟大感情的可能性。人类原始本性中的一根金丝……但是我还是控制住了自己，在门口和他匆匆告别了：

"亮，在上海再见吧！"然后头也不回地走向走廊。

身后我仅仅听到了他柔和的声音：

"……多保重，伊莎贝拉。"

我居然又一次走出了这扇门。前几年离开这里的时候我深信这一场景决不会重演。那个吻远远超过了一个普通的吻和欲望。它是钥匙、承诺、象征、表白或者纽带……所以我们之间的一切还没有结束。但是我不知道等待我们的将是什么。

* * *

根据原来的计划,亮应该已经在上海待了两个星期了。他有我的电话号码,却没有给我打。我会拿走他内心的平静,这预感越来越强烈。可是另一方面他的许诺——到上海找我——是那么坚定明确。我很迷惑。

一个下午,我房间里的电话突然响了起来。
"伊莎贝拉吗?是我,亮。"
他的声音听起来十分愉快、清新。
"是我!"我尽全力抑制住自己的喜悦和兴奋。
"我在这里已经两天了,但一直到今天才有机会给你打电话。忙得晕头转向的,抱歉。"
"没什么。你肯定忙得不得了,"我理解地说,虽然内心深处还是有点埋怨他。
"伊莎贝拉,下午有时间吗?"
"今天已经没什么事了。"
"太好了!也就是说今天我可以见到你吗?见面以后再跟你解释……几点合适?"
"你说吧。"

"五点吧,在我住的酒店,市中心的金龙酒店。知道吗?"

"不知道,不过没关系,反正我打出租车去。"

"噢,别忘了我的房间号码是1、6、0、9。"

好,1609号……像以前一样,我用笔把它写在最可靠的地方:手心上。然后,他还草草提起法国政府最近给他颁发终身成就奖一事,以及最近几天的计划等等。我没有完全明白。他一激动就说得太快。此外,电话打断了我的怀旧之情,当时我正在听一首最喜爱的钢琴协奏曲,沉浸在完全异样的世界里。

他的电话一直就很简略,这很好。留学生宿舍的电话总机也可以听到,所以我总是很担心中国朋友打电话的时候会说一些不该说的话。

那就还有三个半小时。

第一件事:照镜子。很不满意自己的样子。脸看上去有点肿,皮肤绷得紧紧的,光泽也不自然。没任何办法。我慢慢地倒在床上,寻思着应该穿什么衣服。虽然根本不觉得饿,我却想都不想就伸手抓起了装甜食的铁皮盒,拿出里面的巧克力饼干吃。简直是贪婪地吞食。然后死死地睡了一个小时。

我睁开眼睛的时候,已经过了四点。天啊!我住的地方离市中心很远,而一个小时后我必须赶到酒店。周五下班高峰时期肯定需要比平时更长的时间。快！快！不要让他等太久了。平时我无所谓，但今天特别想准时。

二十分钟后我就穿戴妥当了。这次看上去还不错，睡梦中我好像魔术般地变美了。站到大镜子前看看：异国风情的头带、青豆色的贴身牛仔裤、扎眼的鲜绿色夹克等等——当我想要增加一点热情和掠夺性的时候我最喜欢的穿戴。不。今天还是不穿它们了。我犹豫了一会儿，很快换了另一套衣服。

我最后还是选择了含蓄一点的服装。主要以黑色为主。不过，为了今晚的见面，我还是精心挑选了首饰、香水和化妆的方式。

和出租司机聊得很有意思。在中国这不是第一次。司机是一个友好、健谈的中年人。路上车非常多，出租车每隔几米就要停一下，我们的谈笑至少让这一路变得稍微愉快了一些。他问我在上海干什么，我研究的方向是什么。

我简单回答说，我在收集二十世纪初中国颓废文学方面的资料，研究重点是其中女性的形象。

"主要是寻找和欧洲文学有关联的东西。二三十年代有很多外国人在上海生活。这里的文化受到过很深的西方文化影响……"这似乎太学究了，司机先生不一定感兴趣。此外，我也不愿意多讲自己。所以我就转了话题，开始问他。

我很想知道他心目中最伟大的中国文学作品是哪一部。

他首先有点惊讶。也许从来还没有人问过他这样的问题。他稍作考虑后说：

"《红楼梦》。"他动了动身子。

他的回答并没有让我诧异。我已经听到过很多人赞美过这本书了。对于西方汉学家来说，它也是中国最伟大的小说之一，美丽、忧伤、富有哲理的爱情故事。

出租车司机过了一会儿又继续说：

"你们外国人是不知道的，这本书不久前还是禁书呢！主要是写爱情的。'文革'时期连'爱'这个字都是严格禁止的。"

虽然关于那个疯狂的十年我已经知道了不少，但这个事情我还真没有听说过。我读到过一些人的记录，在自己家里目睹抄家没收、烧毁珍贵的藏书、几代人传承下来的画作和乐器……那个时候很多人疯了，我一点也不觉得奇怪。他们不仅仅患上了抑郁症，还有恐惧症以及不同程度的焦虑症。肯定的。只是当时不知道这些病症的名称罢了。可能那个时候中文里还没有这样的词汇，必须等到从西方精神病学术语翻译到中文以后才有。

从中国朋友那里我听说过，还是有一些书躲过了那些疯狂的抄家。据说不少人曾偷偷地在被子里打着手电筒阅读各种禁书，包括《红楼梦》。

"中国人在家里也不允许说'我爱你'吗?"我很好奇。

"爱情,都是小资情调。但是,在非常特殊的情况下,我们还是什么都说过的。"他突然沉默了。很可能感到对这位洋妞说得已经太多了。万一她是个间谍呢……

中国人对外喜欢说改革开放,然而事实上,他们对某些话题还是非常谨慎的,尤其是政治话题。

我最好还是自己思考一会儿,别再问司机那些刁钻的新闻记者式的问题了。亮很久以前告诉过我,在"文革"时期有同学把屎尿倒在他头上,因为他家属于"臭资产阶级"。除此以外,那个时期他还经常挨饿。在脑海里我重新演绎了一下我所了解的"文化大革命"和整个中国文化。

中国的历史如海潮一般,时起时落、周而复始地循环。我想起亮凭非政治化的作品在中国得以立足,拒绝妥协涉及带宣传色彩的艺术创作,他的成功可以说是一个奇迹。

不久前在北京他给我看了他设计的国际妇女大会纪念邮票草稿。每一张邮票上都有一个人种典型女性的侧面画像。每一个女性都不一样,但都非常美,温柔而且略带沉思。整个四方联里没有一个名称或者口号,也没有一个汉字甚至一个象征符号,仅仅是四个女性的头像、脸部曲线以及角落里的花草装饰,仅此而已。

"我的设计差一点没有获得评审委员会的通过。说意识形态上不够上进……但我拒绝了做任何改动。最后居然同意了,真是不可思议。"他解释说。

似乎连他自己也无法相信。

"到了,小姐。"

我和出租车司机告了别。五点十分整。出租车停在一幢二十世纪三十年代欧式风格的大楼前。在上海最繁华的商业街上。奇怪,我去过那里很多次却没有注意到这家酒店。殖民时期风格的建筑在上海市中心相当多。

酒店服务员给我拉开了大门,微笑着,用标准的英语向我问好。首先让我感兴趣的是镜子。我最后一次修理了一下眼影,整了整马尾发。然后去了前台,请服务员给我拨他房间的号码。

电话里响起了他的声音:

"伊莎贝拉,请在大厅等我一下,我马上就到。"

我坐在电梯对面,电梯门装饰着百合花浮雕图案。我想,这个图案到底是中国还是欧洲匠人做的呢?……正在这个时候,他出现了。他一定是接完电话后立即跑下来的。满脸生辉,看上去比在北京的时候好多了。我们突然拥抱,并温柔地接起吻来。他身上的香水很好闻。男人身上混合着烟草味的高级香水味总是让我很兴奋。

手拉着手,我们像孩子一样无忧无虑地走入了喧闹的街道。成千上万个霓虹灯广告招牌慢慢亮了起来。对面大楼外墙上一个巨大的红色雀巢咖啡杯正"冒"着热气。这热气一会儿从白色变成棕色,一会儿又从棕色变成白色,以固定的节奏循环往复。天空中形状各异的厚重云彩遮住了落日,暗淡的光芒从云层周围直射出来。一天中最迷人的时候到了。

"走,这附近有个很漂亮的地方。"他很有把握地领着我,一会儿我们就走进了一个很大的公园。

那里有美丽的角落、假山、池塘和造型别致的石堆。虽然外面是人群蜂拥,这里面却是人迹罕至。在亚洲第二大都市的市中心。这真是难以想象。每天这个时候,总有几个老人在远处的树荫下悄悄地练着魔术般的拳术,以达到与宇宙、自然的和谐合一。富有传奇色彩的中国长寿之道。

亮一边走一边跟我讲最近的生活。首先,他不是一个人来上海的。从六月份开始,他雇了一个经理负责雕塑项目。经理姓王,他就叫他小王。小王成了他的左右手,帮他解决组织和技术事务。现在和他一起住在同一个房间。

"他不是特别懂艺术,但是人好。至少他不会在艺术创作方面嫉妒我。"

我很清楚他以前和同行们的合作很不顺利。后来话题转到了他的雕塑。

"亮,具体是什么时候要安装你的雕塑呢?"

"啊?我还没有告诉过你吗?"

我摇了摇头。

"今天后半夜,到早上六点半,在外滩,你会和我在一起吧,是不是?"

我高兴地点了点头。好像他曾在电话里说过,可是我没有留意。我经常下意识地忽略了那些和我没什么关系的事情。

第三个新闻是五天前他获得了法国政府颁发的一个最高声誉的艺术年度奖。我在报纸上已经读到了这个消息。这之前在中国只颁发过三次。第一次是一位钢琴家,接下去是一位著名导演,最后是一位女演员。亮是第一位获此殊荣的画家。

我们默默地走了一会儿。我在脑海里整理了一下他最近的生活,新闻还真不少。

"噢,那你的婚礼呢?"我突然问起来,跟没事似的,但事实上一路上我都在想这个问题。

他沉默了一下。这个问题来得太突然,他好像有点犹豫是不是应该告诉我什么。可是最后他还是说了:

"芬芬想结婚,我却没有完全决定。她过分地在乎自己……而且嫉妒心特强,这一点是最糟糕的。"他突然沉默了。

我明白我不该再问下去了。他的回答完全符合我的想象。我们就这样沉默着,走了好一会儿。然后,他看了看我说:

"但是关于你我什么也不知道。看来,你过得还不错。

和上次在北京相比,你更漂亮了。"他清了清嗓子。

不知不觉我们来到了一块空地,四面八方的路都通往那里。太阳已经挂在了树梢,这儿那儿响起了鸟儿的尖叫声。

我走在他身边,陷入了沉思。

"你讲得对,"我慢慢地说,"我是过得还可以。你感到的我最大的改变……事实上几个星期以来我一直在练一种可以让内心和谐、心态平和的功。有点类似瑜伽的一种呼吸运动,还有沉思冥想……"

"等一下,你是说气功?"

我点了点头。

"我也有自己的老师。真是太棒了,"我思忖了一下怎么表达最好。"我知道,你不喜欢大话。但是,经过长时间的冥想,我似乎有了领悟。例如,我终于戒了烟。你一定知道,气功要求'五戒'。"——首先他没有明白什么"wu jie",所以我用手指在他手心上写了这两个汉字。

"啊,是'五戒'啊!"他笑着纠正了我的第二个字的音调。

"最后一个星期我真的是按照这个原则生活的,感觉有点像尼姑一样。"

他笑了笑,继续听我说。

"至今为止我还很坚强。而且我有更多的精力来做其他事情,这真让我高兴。噢,你呢?你练过气功吗?"

我让他有点迷惑。他没有马上回答我。一下子话题实在是太多了,他试着快速整理了一下自己的思路。气功……这个时候对他来说,那实在是过于遥远的事情。他必须好好回忆自己和气功的联系。一点一点地挖掘。像演员回忆很久以前演出服上残留的香水味。

"也许你会觉得有点怪,但我以前还真练过气功。那是七十年代末我还是学生的时候。那个时候年轻人之间很流行练气功,那是寻根、寻找优秀传统的一种方式。"他仿佛慢慢地回到了遥远的过去。

"气功并不适合你,对吧?"我没有考虑多少就这样问了他。

"没这么简单。气功是很宝贵的东西。我很高兴你发现了它。它能帮助你获得内心的平衡和平静。事实上几年前在国外最艰难的时候,我也试过重新开始练,可惜没能坚持下来。不过,说来话长了。"

停了一会儿后他又说:

"如果你有了男朋友的话,禁欲还能坚持多久呢?"

那一刻我不知道如何回答他。对此我自己也不完全清楚。

"如果是这样的话,我可能必须停止禁欲。你了解我——我要么百分百,要么零。如果要练气功,我就会遵守和它有关的一切原则。说起禁欲,我的气功老师并没有强求我这样做。是我的性格造成的,我喜欢走极端,又渴望尝试新鲜事物。"说完我沉默了。

"你的气功老师具体要求你做什么呢？可以多告诉我一些吗？"他有点强求。这让我有点惊愕，这不是他平常的表现。

"很多，非常多。例如他常说，一个人想成功的话必须心胸博大，脚要踩在地上，头要昂在云霄。气功正好可以培养这种品德。"

"你的气功老师多大年纪？怎么这么会说话？"他有点不耐烦了，声音中突然也有了些不快。

"我想，可能比你大一点吧。你也许会觉得奇怪，其实他根本不是那种会冲昏我头脑的巫师。如果你看到我们俩在一起，就会明白一切的。"我思忖了一下。"他是个老单身汉，虽然我们在一起的时间不少，但我从来也没有爱上过他。他对艺术不感兴趣，过于严肃，并且极其理性。不过和他聊天还是比较有意思的。他让我注意到生活中一些新的东西，也帮我更好地了解自己。他说我过分敏感，所以应该学会阻挡外来的破坏力，同时应该更加留意来自'上面'的力量。"我有点激动，稍停了一会儿又继续说，"他有点像哲学家和医生的结合。活得健康、和谐，也想教我这样生活。真的，如此而已。"我微笑着看着亮。"希望你不要嫉妒，否则就太荒谬了。"

外脑记录：

东方神秘学

作为治疗精神空虚的一种办法，西方世界意识到练习东方神秘功法的价值和深刻意义。过去十年中呼吸练习（瑜伽）和冥想已经成了大众名词。

我却从来没有感到过什么精神空虚，一秒钟也没有。基督教里早就有冥想了，不仅如此，我认为它也是基督教的精髓组成部分。我也想尝试一下我所不知道的东西、新鲜事物。气功和它的技法，不在中国找中国师傅学习的话，难道还有更好的选择吗？

我的气功老师名叫戴心平，外表上丝毫也不吸引我。他既没有迷人的眼睛，也没有超人的神秘感。据他说我是他生活中认识的第一个欧洲人。我的自然和直率让他震惊。有一次他甚至问我，是不是所有的欧洲人都像我这样地不落俗套。我差一点没笑出声来。他大概以为外国人都是从一个模子里铸出来的吧！这样的想象不太理想，但我也没有办法影响他。虽然他严格禁欲，但是如果我自愿以身相许的话，他肯定也会喜欢我的身体的，这是我的直觉。可是我的身体对他来说却是永远锁上的，如同圣地一样。他十分清楚这一点，从没有过非分的想法。对他来说能够和我精神交流就足够了，为此我也很尊重他。

我的身体曾经完全属于亮。他从那里吸取了生命的能量和灵感，任何时候都可以，只要他想要。可是我的灵魂却很痛苦。对他来说谈理论、原则，甚至情感都像捕风捉影一样没有什么价值。我感到了这点。有时候我甚至觉得他害怕语言，总想拼命地逃出它的束缚。可是我多么期望过他，除了急不可待地想要我的身体以外，也会对我的各种观点、矛盾的想法和理论上的思考感兴趣啊！每天我会这样想好多次，甚至在半夜。我需要经常性的语言交流。这也可以说是一种上瘾。这一点没法改。

  我对语言交流的需要也常常发生在（从听者的角度来看）最不恰当的情形下。而我却丝毫不觉得有什么不恰当。不管是沉重的话题，例如父亲的去世、酗酒和赌博，还是轻松一点的，例如手淫的技巧或者神秘的梦——也不管是在逛商店的时候，还是在车门边或者机场分别的时候。一句话，任何地方都行。也不需要任何准备，甚至可以突然发生。更不必故意营造亲切温馨的气氛。不需要。它似乎一直就在我的身体里面。可是对方很可能会觉得奇怪。那是我的特色（或者障碍?）。一位女友很认真地评论我说，即使是在行驶中的公共汽车上我也可以毫不尴尬地问司机他奶奶的性生活问题。她说的很接近真实。

  "告诉我，你是在哪里认识那个男人的呢?"亮继续盘问道。

"可能你会有点不相信,实际上和认识你很相似,他也是主动和我搭讪。只不过不是在画展上,而是在留学生楼的大堂里。他在那里坐了很长时间,观察留学生。从人散发出的气息能够可靠地读出不少'信息',但能做到这一点的人不多。他说。他在那里寻找自己的弟子。"

"这没问题,但是,他完全可以找男生啊,不是吗?你不觉得奇怪吗?"他用略带责备的神情看着我。

"刚开始的时候是有这种感觉。但是我很想知道他到底想要什么,所以我给了他机会。我觉得我做得对,否则就冤枉他了。他不是圣人,也不是智者。但我觉得他出现在我生活中是带有某种使命的。也许不久以后他又会慢慢消失……"

我们在沉默中又逛了一会儿。天慢慢黑了。天气不冷不热,十分舒服。虽然没有起风,亮却不自觉地将夹克领子竖了起来。

"伊莎贝拉,你理想中的男人是怎样的?你从来没有跟我讲过。"他突然有点伤感地问道。

"嗯,这个问题不容易回答。"我想了一会儿。

亮并不习惯询问我的观点。刚才他让我有点惊异。对他来说是极其罕见和不寻常的,"……也许那个男人应该结合了气功老师和你两个人的优点。"我好像在梦呓。一下子我不知道该如何表达,感觉我刚说的也不完全。

"你想,你会找到这样的男人吗?"

"不知道。我没有完全的把握,但是,我想等。"

"甚至等一辈子?"

"我想是的,亮。"

我们走到了一个莲花池塘边。

"来。"他把我领到一张长椅上坐下来。

我根本没有注意到这张隐藏在树下的长椅,刚够两个人坐。

"你过去画过莲花吗?"我好奇地看着他。

>在中国,莲花大概是最令人敬仰的花。牡丹、兰花或者菊花也很令人喜爱,它们都有其独特的精神象征。莲花之美在其出污泥而不染的纯洁。
>
>外脑记录:
>
>莲花之独特还在于没有任何旁枝末节,并且散发出甜蜜的芳香。粉红的莲花花瓣柔滑如丝,让人联想起女性的生殖器,茎则像男性的阳具。
>
>虽然想象力很丰富,但是我觉得上述比喻还是太勉强了点。作者是一位很有名的德国汉学家。在解释中国象征上过分露骨地采用了性的联想。我猜出来了他为什么这样做。

"也许吧。还在学校的时候,但记不太清了。"他心不在焉地回答说。

"动物呢?你最喜欢画哪一些动物?"

"不知道。没有最喜欢的动物。"

"公牛呢?"

"你看你看,"他笑了起来,"你比我知道得还多啊!只是,我早就没有把它看成是具体的动物了。"

我感到有点羞愧。我突然觉得自己像一个统计员或者心理学家那样在机械地问问题填表。

"请你别再用这样的难题折磨我了,好吗?"他轻轻地说。然后突然温柔地抱住了我,开始亲吻我的嘴。

"亮,我们不该这样。"我怔了一下,轻轻地把他推开了。

"嗯,你是对的。"他不情愿地服从了。然后我把头靠在他的膝盖上,紧握着他的手。

伊莎贝拉朦胧地意识到,气功已经深深地影响了她的肉体和欲望。肉欲下降到了冰点,冻僵了。她却并不觉得痛苦,相反,她甚至觉得很了不起。她感到强大、平和。理性以及非常负责任。上次在北京亮的激情之吻扰得她十分兴奋。现在她却异常地冷血、坚强。(难道,她成功地改写了自己轻浮和放荡的基因吗?很难。也许最多可以把它们锁在括号里面,或者暂时冷冻起来。可是能持续到什么时候呢?)亮感觉到了,这让他惊诧而迷惑。她那天生、迷人、不由自主的风骚不见了。然而，这个样子的她也让他着迷。这是一种新的挑战。虽然他无法完全理解她。

关于苦行和禁欲我还有很多问题想问他。想和他谈谈我自己。可是我觉得，以后会有更好的机会。

有一种感觉突然抓住了我：我还可以得到这个男人。我很有把握。他仍然温柔、热烈地爱着我。然而我对他的爱却减缩成了赞赏。在他身边我找不到真正的幸福。这个信号来自我内心深处。

你在我身边会过得很好，他经常这样说。你不必上班，你可以写作、摄影，还可以经常旅行。是的，在物质上我什么也不会缺乏。但这还够不上我理解的幸福。亮是一个极其封闭、难以靠近的人。他的内心活动要等很长时间才会浮到表面。也只有在这个时候才可以和他聊得比较好。不用说，这样的时候十分稀罕。他仿佛生活在一座高高的玻璃山上。而进山的道路，在我看来，只存在于童话里。

黄昏降临，天气一下子冷了很多。几分钟后我们起了身。我们心想着往大门方向走，却突然发现我们站在完全不同的一个地方。我们迷路了。远处高高的围墙后面是一幢幢灯火通明的摩天大楼，给人陌生的感觉。

"噢，我知道了，"他转过身来，"应该从这里走。"然后小心地把我领出了满是石块的荒地。

他必须扶着我,因为我穿着高跟鞋,有时走得很费劲。天已经完全黑了,伸手不见五指。也没有路灯,仅仅只有远处闹市照过来的一点点灯火。我紧紧地抓住他,那一刻我感到非常开心能够这样走,这样完全地依赖他。

我完全不知道该往哪里走。如果要靠我的话,我们也许还会在公园里迷失很久。公园可能不是很大,但是重叠错落、弯弯曲曲的,更因为黑,感觉像一座巨大的迷宫似的。

稍后,我们就站在公园的大门外面了。再一次被闹市的繁华拥抱。我一下子还摸不着北,仿佛刚刚来自一个遥远的、不同的世界。我突然感到极其疲惫。

"我们去旅馆叫小王,然后一起去吃晚饭,好吗?"他建议。

我像一个小孩般的开心。不仅仅是因为我已经很饿了,也是因为和他一起用餐是一种享受。他是美食家,很会点菜,典型的中国南方人。

* * *

小王正在看香港某电视台的晚间新闻。节目很有吸引力,因为在北京收不到。见我们来了,把音量关小了点,仍然舒服地半躺在床上。

亮给我介绍了小王,然后向我道歉,说必须出去打一个什么重要的电话,与雕塑有关的。安装工作还有不到四个小时就要开始了。

我在一个很大的皮沙发上安坐了下来,开始翻阅床头柜上散放的资料。《海外中国专家》杂志上有关于亮的生活和创作的报道,还有两页关于他获得那个奖的介绍以及其他一些宣传资料等等。

亮的优势是从欧洲文化和外国人那里获得了创作需要的最宝贵的灵感。他从欧洲回到中国的时候,已经获得了来之不易的承认和声望。谁知道,如果一辈子生活在中国的话,他的命运和艺术道路又会是怎样的呢?

小王仍然在兴致勃勃地看着他的香港电视。突然想起了什么回头问我:

"三天以后会直播在人民大会堂举行的颁奖仪式,希望你看看现场直播。"

"我不知道啊,"我摇摇头说,"亮一句也没有跟我说过。他就是这样的。"

亮刚好回来了,站在门口有点责备地看着小王。

"你完全可以告诉我的。这毕竟是你生活中最高的荣誉。过分谦虚也不好哦。"我略微有点责备他。

实际上我对他没有什么意见,甚至有点可怜他。我完全可以想象,聚光灯下他拿着麦克风的手会多么无助和为难啊。那双习惯在寂静中创造那么多美丽的手!

"你会参加吗?"我开玩笑地问道。

他点点头。

很明显,不去参加那个颁奖仪式他会更高兴。他宁愿把自己关在工作室里。但这事毕竟还涉及其他方面。这个终身成就奖是他长年失去生活根基和圈子、婚姻破裂以及多年痛苦的流放生活(虽然是自愿的)的一个补偿。至少这是我个人的理解。凡事我都喜欢自己琢磨。

一般认为在海外取得了成功的中国人不愿意回中国。几乎可以说是毫无例外。亮却是一个特别的例子。在欧洲生活了多年之后决定回国,并在中国打造了一个属于自己的生活空间。很多人不明白他是怎么做到的,对他很嫉妒,不过佩服他的人也有。

他突然厌烦了傲慢和自我中心主义的白人世界,在巴黎上了第一班飞机回国。其实这也只是我自己的推断,因为他从来都不是很愿意谈论回国这件事。记得他只有一次在谈论相关话题的时候略微提了一下。

谁知道他突然回国的真正动机是什么呢?他不是商人。他的灵魂过于敏感,易受伤害。也许他自己也不是很明白当时的内心活动和行为。他不喜欢从理论上解释或者分析什么。我只知道他是突然做出这个决定的。抛弃一切。首先是和艺术界名人肤浅的关系,然后是市中心的豪华公寓、豪车、古董收藏品以及他生活中的其他奢华——都留给了朋友和前妻。那个时候她已经和另一个男人在一起了。

听起来给人感觉很肤浅,甚至有点难以置信。然而是他这样告诉我的。对此我没有任何理由怀疑。(难道他想在我面前扮演什么英雄豪杰吗?)不管怎样,他所告诉我的只是部分的"真相"。如果他前妻给我解释的话肯定是完全不同的一番情景。不过那已经是另一回事了。

他只带走了自己的画和铜版。再也不需要其他东西了。能够回家就足够让他高兴了。后来他还收到过法国方面好几次邀请,甚至许诺过国籍,他也没有去……虽然这一切只是道听途说,但以上情景我却仿佛都亲身经历了似的。

过了一会儿我又开始翻读那些刊物和宣传资料,在心里把它们和亮的真实生活做比较,便觉得可笑。例如写他必须在事业的顶峰时期离开巴黎,因为"他钱花得太快,以至于产生了危机感"。简直是胡说!他当时唯一不缺的就是钱,这一点我是很了解的。

接下去我意识到,哪一家媒体会去报道一个人脆弱、微妙、真实的灵魂冲突呢?我能期望大众报刊这样做吗?很早以前我就有一种直觉,在记者的镜头、麦克风和笔前暴露自己是没有什么意义的。他们通常都会根据自己的喜好添油加醋,此外,还喜欢把人描绘成极端的正面英雄。在中国根据需要也可以把某个初遭厄运,但坚忍不屈,克服重重困难最后获得成功和承认的人塑造成一个伟大的爱国者。重要的是把深刻的思想浅化，或者把锐角磨钝，并根据需要再予以扩大夸张。虽然还没有媒体人采访过我，但是我很清楚这一套。

无论如何，要从亮那里获得任何信息、观点或者立场，尤其是有关隐私的，就算是再经验丰富的记者也会无计可施。

* * *

快到午夜的时候，亮带我去看第二天早上他最新的雕塑将俯瞰世界的地方。为了在雕塑底座上安装公司标志和纪念牌匾，他需要有人帮忙测量。

这里半个人影都没有。我很兴奋地当起了他的助手，给他拿尺递笔，从地上捡起他掉下的东西。我的高跟鞋鞋跟陷进了湿土。第一次和他合作，可以稍微帮帮他，真让我高兴。

在某一刻他突然转过身来，温柔地把我拉近，对我说："我知道，不管什么时候，你都会愿意为我出生入死的。我第一次见到你的时候就知道你是这样的。"

"真的吗？"我吃惊地望着他。我还想问他，第一次见到我的时候关于我还知道些什么。可是，第一辆汽车的突然来临打断了我们的对话。困难的安装过程一步一步缓慢地开始了。

十九米高的巨大雕塑用载重卡车直接从北京运到了这里。大理石基座已经在上海准备就绪。上面预先钻了八个大洞。等候雕塑下面八根巨大的圆柱插入。阴和阳，它们会相配吗？这个问题悬在半空。

刚开始的时候，我穿梭在并不直接参与安装但自我感觉特别重要的男人之间。这些人主要来自广告和咨询公司。没多久，我的小包里就已经装满了他们所有人的名片。这里还有一个某报社的男士，以及两三个在现场清理闲杂人员的保安。

我想象过，在一个雕塑的批准、创作、铸造、运输和安装的复杂过程中，亮必须和多少人打交道啊！多少行政审批、橡皮图章以及超级重要的签字……人的海洋。谁知道，这里面到底有没有一个懂艺术的呢?!

和我一样，亮也是与人接触多了就会特别疲劳。大部分人喜欢利用他。另外一类人不理解他的想法，还用各种办法阻挠他。虽然有了小王的帮助，我还是挺可怜亮的。以前做版画的时候，他自己一个人就够了，不需要任何助手。

从他那儿得知，这个雕塑项目涉及了上百号人。"我的雕塑像一块肥肉，招引了很多猛禽，都想抢得尽量多。"那是他在公园告诉我的。不知道这样的项目在斯洛伐克是如何操作的，但显然也应该是差不多的。

令人难以置信的差异。作家写出自己的想法，它们就活了。可以把它们再说出来，印在纸上分发出去，上网传送，在电视广播等媒体介绍宣传（如果还没有成书出版的话）。画家可以直接看到眼前的景象，也许只需一个晚上就能完成一幅画，然后可以在某处展出，拍成照片供他人欣赏。然而，要完成一个巨大的雕塑——从画草图、制出第一个小模型、相关委员会对其制作和财政的繁复审批、金属铸模制作，到最后的运输和安装……我觉得真是太漫长太复杂了。我佩服这样有勇气和毅力的艺术家。

过了一段时间后，和那些粗俗的工人们说话累了，我就在不远处的一个矮墙上坐了下来，继续观察安装的过程。

我担心我的外表是否还漂亮。不过在那一刻，这又有什么关系呢！周围的男人都在忙于大事，一秒钟都不会考虑自己的外表。虚荣心让我自己觉得十分可悲。另外，我似乎在观赏一场壮观的戏剧，我却不是，也不可能是它的一部分。我是观众吗？这种感觉也怪怪的。似乎在亮和我之间有一扇厚厚的玻璃墙，打不破的墙。我似乎悬在周围人群之外的另一个时空，冗余感不停地折磨我。

亮的目光时不时落在她身上。一切工作都维系于他。他决定所有的细节。他下指示和命令。在这不易的局势面前他的思维和见解都非常需要鼓励和动力。他眼前时常出现他们在一起的时候那些难忘的瞬间。经过好几个星期似乎没有尽头的等待之后，她第一次把自己给了他。他不理解她为什么拖了那么长时间。好像她害怕什么……那是一个深夜。半睡半醒的时分，似乎她处在另一种意识状态。带着信任和最大程度的臣服。安静而驯服。他常常回忆那个情景。身不由己。像一阵宜人的清风。然后她的逐渐变化……实际上，她一直在变。从一开始他就明白，他永远也无法完全理解她，无法掌握她的灵魂。他很快把这些想法压了下去。现在必须把注意力集中到安装上面。那雕塑隐喻了他的爱，虽然他从没有和伊莎贝拉说过。现在她和他在一起让他快乐。这远远在象征意义之上。

　　三点左右亮找到我，温柔地要求我坐到公司的豪华轿车里。否则，他觉得我会着凉。我很不情愿地服从了。我不想要任何特权。我决心和大家在同样条件下参加雕塑安装的全过程。在轿车的舒适小舱里打了个小盹，其余时间我一直坚持不睡。我想要和他一起亲历一切，但那不可能。他一直站在一辆载重汽车的平台上指挥着十几个壮汉安装雕塑。

　　当起重机一点一点地好不容易将重达数吨的庞然大物吊到确切所需的位置时，工人们简直吓死了。有一个孔钻错了地方，导致一根相应的圆柱无法插入……雕塑必须暂时放到一边，开始了巨大的忙碌：为了解决这个问题，必须迅速将不配的圆柱锯掉，可是怎样、到哪里找这样的工具呢？

开始和时间疯狂地赛跑。因为整个安装工作必须在天亮之前结束。所有的载重汽车和起重机都必须在清晨六点半之前撤离市中心。这是上海市政府的严格规定。刊载外滩新雕塑新闻的日报已经印好待发……必须按时交工。别无选择。

发现雕塑不配基座的时候，亮到我身边坐了一会儿，精神彻底崩溃，几乎连话都说不出来。我也很绝望，不知道怎么帮他。

打了无数个电话，请来了好多专家们，找到了恰当的技术和工具，最后，他们几乎是奇迹般地解决了问题。时间是六点刚过一会儿。巨人已经在雕塑基座上站了起来，只是伸出的双手还是空空的。

安装师傅们还剩下最后一个任务：在巨人的巨手尖固定一个铜球，然后再将金属的"光芒"拧在铜球上。再也不会有不相配的危险了，都已经提前试过，一切部件都完美相配无误。

黎明悄然而至。一位疲惫不堪的师傅小心翼翼地爬上了梯子，右手托着金"太阳"，"光芒"则半掩在工作服口袋里。我的视线跟随着他的动作，背景是逐渐发白的天空，淡淡地照在它上面的是河对岸傲慢的摩天大楼外墙上彩色的霓虹灯。

球落在巨人的手中，立刻产生了一种有趣的光影效果：

球面反射着车流扭动的曲线。有一会儿，似乎巨大的黄铜太阳在更大的热浪下开始融化，不，是溶解、分解了。但是，当一位工人用二十分钟时间熟练地把所有"光芒"拧到"太阳"上以后，溶解球的视觉效果就永远消失了。可是，除我以外，几乎没有人注意到这点，因为大家都已精疲力竭，站都站不稳了。将几乎不可能的终于变成现实：在六点半之前，完整的巨人雕塑以它满满的美丽站在了上海市民面前。

我突然听到一阵像铜锣发出的奇特、低沉的声音。像来自极其遥远的地方。但实际上却是发自巨人的胸腔。那里有一颗金属的心脏开始跳动了。在安装的高潮中，雕塑被吹入了生命的气息。在庄重喜庆的乐谱上出现了两个单词，意思是庄严的慢板。巨人突然对我笑了笑。

这真是一个艰难的晚上。我们道别后，各自好好休息，睡了一晚。第二天上午将在友谊饭店举行新闻发布会，亮希望我也来。

在回宿舍的路上，为了保存最后一点能量，和司机几乎一句话也没说。我又累又饿到了极点。

在留学生大楼门外下了车，我看上去肯定像一个幽灵一样。两个门卫看了看我，然后坏笑着交换了一下眼神。他们当然不知道真相。无所谓了。我心里只有夜晚神圣的纪念碑。

* * *

友谊饭店是上海最古老的饭店之一，靠近外滩，离亮的雕塑不远。一幢殖民时期风格的高楼，和周围英、德、法、西租界里的建筑一样，是十九世纪末老上海——"东方巴黎"——过去时光的见证者。

经过一天一夜的休整，我又是神采奕奕的一个新人了。我提前一个小时来到了友谊饭店。里面笼罩着神秘的幽暗和宁静。欧式水晶吊灯和深色古董家具使这家中国酒店散发出浓郁的异国情调。走廊里非常的沉寂，好像新的一天还没有开始似的，但实际上已经九点多了。几个睡眼惺忪的服务员在酒店大厅里懒散地踱着步，酒店正在一点一点地苏醒过来。

虽然我是新闻发布会上最不重要的一分子，但我还是认真地打扮了一番。和上次相比，这次的风格要大胆得多：黑锦缎贴身西裤更加强调了我瘦瘦的大腿，紫色夹克里面是颜色稍浅的丝绸衬衫，再加上银色的高跟凉鞋和好多银色的首饰。其实我的不重要性也只是相对的，因为亮绝对是最重要的人物。

这个时候我走出了酒店，把头发披散了下来，无忧无虑。一边踱步，一边翘首亮的出租车。可还是太早了。我眼前是一眼望不到边的长江，长长的铺着石砖的河滨大道，一个接一个的小饭馆、酒吧、商店和游戏室。这就是著名的外滩，每天华灯初上之后，这里便成了上海夜生活最迷人的地方。

对岸的上海"曼哈顿"全景之间高耸着"东方明珠"电视塔。浦东最近被开发成了中国最现代化的工商业中心。在商业娱乐公司的彩色招牌背景前面，从昨天早上开始又竖立起了一个新地标——满身疙瘩满手老茧的巨人正在追逐太阳。

> 根据古老的中国传说，曾经有一个巨人追逐太阳。他拼命想抓住它。他太渴了，一口气喝光了一条河还不够。再追，累得精疲力竭，在半途渴死了。他的梦想最终没有能够实现。这个故事在中国家喻户晓。孩子们在小学就学过。

我一边看着雕塑，一边在心里和亮对话。曾经忍受过无休止折磨的悲剧性英雄巨人，一点也不适合立在这个地方。外滩，欢快气氛、娱乐和休闲的象征，纸醉金迷和感官享受的圣地。高高基座上那座大得不同寻常的雕塑，好像从天堂拱门飞来的流星正好击中了上海的心脏。一颗震动着异样旋律和节奏的心。根据官方的解释，巨人雕塑象征着某著名美国电信公司对其未来发展的愿景和志向。

只有亮和我两个人知道,这个雕塑与 C.T.I. 公司以及"伸出的追寻科学技术进步的手"——像宣传手册上所说的那样——毫无关系。

* * *

时间到了,沙龙大厅里的椭圆会议桌前汇集了十六个人。除了 C.T.I 上海分公司的美方经理夫妇和我之外,全是中国人。

他们把亮安排坐在美方经理的对面,亮则安排我坐在他的右边。我在桌子下轻轻握了一下他的手。他的手有点出汗了。我知道,如果可能的话,他会立即带着我逃到另一个地方去。最有可能的就是旅馆里那个安静隐秘的房间。

就在新闻发布会马上要开始的时候,小王悄悄地要求我和他对换位置。他非常在乎亮的声誉——外面一直有关于他的未婚妻的消息,我这样想。也有可能是其他实际的理由。反正没关系。所以最后我还是坐到了美方经理夫人的旁边。很快我就发现她是一个十分热情、健谈的人。

桌上摆着粗厚的玻璃茶杯,过分粗糙、不讲究的水果拼盘,和沙龙豪华的环境和人们隆重的衣着很不协调。中国人比较随意,不过分地强调礼仪和形式。我一直喜欢这一点。但是此时此刻我感到这随便还是有点过了头。

首先，穿深色西装打红色领带的上海市市长庄重地就雕塑的贡献和中美两国的友谊做了发言。他的发言稿是提前用中英文两种文字打好了的。一位年轻的翻译带着点口音念了英文的发言稿。虽然这里的气氛轻松而且友好，也没有电视台的摄像机或者类似的东西，但翻译还是有点紧张。

简短的正式发言之后，市长先生就向大家道歉说，过十分钟他必须离开了，所以，他敦促在场的人，如果谁想问大师什么问题的话，就不用客气了。然后一位记者讲了话，翻译又将讲话翻译成英语……可是讲话的内容我一点也没有留意，因为我边上女士的手把我吸引住了。

五个美丽的钻戒，红色的指甲经过完美的保养。从头到脚，在美丽无瑕的白衬衫和经典雅致、量身缝制的深蓝色套装的包裹下显得尽善尽美。她优美体形上的所有曲线都显露了出来。看上去既活力清新又雍容华丽。一位年过半百、姿态高贵魅人的金发女郎。举止庄重，却一点也不傲慢。和夫君一起如同天作之合。刚才在外面他们从黑色奔驰轿车下来的时候我就注意到他们了，只是当时还不知道他们是谁。

小王在回答问题。他装出十分严肃的样子。和亮相比非常有口才。整个过程亮坐在那里一言未发。幸亏谁也没有问他什么问题。他只是沉思着，一根接一根抽着烟。他是第一个喝了点茶的人。

市长离去之后，大家还在谈论雕塑的话题，气氛轻松，不拘礼节。C.T.I.公司经理夫人和我谈起了完全不同的事情。我十分好奇她在上海生活会缺少些什么。她笑着说什么也不缺。朋友呢？据她说，她周围有不少外国女友，她们在家里或者酒店定期举行茶会。很多外国女友在这里当英语家教，做慈善工作，学做中国菜，周日去教堂做英文弥撒，每周两次去做按摩，相互传看家里人的照片以及一起聊天回忆往事……

"我们平时说英语，偶尔也会插几句德语或者法语。"她说起这句话时魅力十足。

"艺术家有很大的优势，他们的作品不需要翻译。"我突然转了话题。

她有点吃惊地看了看我。

"例如，作家或科学家就难多了，"我继续说道，"他们用自己的母语写的东西世界上很少有人看得懂。你们说英语的人真走运。"

> 是的，因为这点我有点羡慕他们了。然而，他们也不太可能体会到这句斯洛伐克谚语的智慧：你会多少语言，就活了多少次。这句谚语用捷克语表达的话也很有意思：多学会一门语言就意味着多活一次。

"您说得有道理。"她点头赞同，然而，我感觉她有点迷惑。也许我又太过了点（唉，我那口无遮拦的病，肯定是天生的!)。我自责开了一个不合时宜的话题。过了一会儿,话题自然转到了她在美国的孩子上面。她说,现在两个儿媳妇还不错,以前儿子们的女友给她的印象不怎么样……这个时候大家陆续站起身来了,所以我们无法继续谈下去。

有人建议出去到雕塑前合个影,然后如果谁还想问亮什么问题的话,我们可以再回饭店。大家都高兴地站了起来,在这个美好的星期六上午,每个人的心都已经在别处了。

出门的时候,亮悄悄地握了一下我的手。我知道,他心里那块巨大的石头终于落了下来。

* * *

十一点钟的时候,一切终于都结束了。我们上了第一辆出租车赶回亮住的饭店。他胃不舒服,从早上一直到现在,除去喝了几口绿茶外,什么也没吃。他和我相比甚至也没有睡好。

在酒店大厅风格时尚的小酒吧里我们先要了点小吃。第一次看到亮点了一大盘甜食,上面还加了好多奶油。他从来没有喜欢过甜食,可是这个酒吧不供应别的食品,而他又急需吃点东西补充能量。

美丽的格子天花板让人想起欧洲仿洛可可风格的城堡宫殿。每一个湛蓝的正方格子里都开着一大株金色的百合花。所有的家具和吊灯都像是古董店里的老物件。几近正午,外面已经是光亮的高潮,这里却主宰着柔美的阴影。除了一位眼妆化得很漂亮却一点也不热情的女服务员以外,半个人也没有。她很不友好地盯着我看。她一定是嫉妒我们,我无法摆脱这种感觉(如果她知道实情的话,可能会可怜我们的)。

以前在北京的时候我有过很多次这样的经历。表面上看,我们像电影里的恋人一样……我不自觉地把这个想法低声告诉了亮。

"这只是你的错觉。"他轻轻地回了一句。

"你自己很幸福、很放松,所以你周围的一切也变得阳光了。"

"也许你是对的。"他轻轻地说,心好像不在这里。

我知道,他正在想着完全不同的事情。

外脑记录:

爱的秘密、力量和效力

根据我们是否把人想得好或者坏,我们会对人暗示他是好还是坏。一个人越敏感,就越痛苦;一个人个性越弱,就越容易受外力的影响。以这种方式论断他人,就让我们成为恶的同谋。

(铅笔添注:是的,这是绝对的真理。然而,很少有人只把别人想得好,包括我。我不是完人,也不是圣人。)

在房间里我们抢着淋浴。我们并没有出汗，我们只是下意识地想洗掉刚才的气氛、目光以及和与他人握手时的接触。艺术敏感类型的人能够相互感知对方，非常可靠的第六感。今天上午和我们在一起的都是些务实、精明、精力充沛、很懂交际的人。他们中间有谁能理解亮的艺术或者艺术本身呢？不过，这根本不重要。

过了一会儿，小王也回来了，我们三个就一起出去吃饭庆祝，因为我们成功地完成了一件重要的工作。

* * *

在市中心弯弯曲曲的小里弄，我一直跟在两个谈话十分投入的男人后面。他们正在讨论雕塑基底上的纪念碑细节。小里弄狭窄繁华，他们的步伐舒缓潇洒。亮引路，负责寻找合适的餐馆。

我距离他们约有两三米，平生第一次可以从这样的一段距离观察亮又高又瘦的背影。小王在他身边似乎不存在。根据中国古老的传统，君子，或者更准确地说，其气质，能向周围散发特殊的香气，谓之德馨。我闻到了。就在此刻。在世界人口最稠密的城市之一，喧闹的市中心，当疲倦的我们饿着肚子寻找一个温馨舒适的餐馆的时候，来自四面八方的菜香也不会让我混淆。

我们走过无数个小商店，迷人的餐馆如织锦般在其中交错。可爱的上海老街步行区。一排又一排的房子，这里是朴素的小铺，那边是气势恢宏的大店。无处不在的广告招牌和各种各样的装饰都在竞抢行人的眼目。有的餐馆干脆把桌椅都摆到人行道上来了，门口摆着一堆装着飞禽走兽的笼子和养着海鲜的鱼缸。好几次闻到了从餐馆开着的大门里飘出来的菜香。烤羊肉、海鲜汤、芝麻煎饼、辛辣小吃、生姜、茉莉花，以及与烟火灰尘混合在一起的檀香。

礼拜六中午，到处是熙熙攘攘的人群和喧嚣。但这里同时也有一种轻松愉快的气氛。正是午饭时分，商贩们坐在商店门前的小竹椅上愉快地吃着热腾腾的饭，碗里有很多米饭、些许蔬菜和几小块肉，友好地闲聊着，开着玩笑，抽着烟，美美地享用着他们的午饭。在中国好像没有人独自吃饭。

路过了许多餐馆，但是亮一个也看不上。找了好久终于看中了一家，名叫"八仙楼"。

在中国每走几步就可以看见许多诗意的店名，从美食、药品、香烟到茶馆、餐馆、商店、旅馆，甚至到酒吧。"兰亭""玉露""金凤凰""永青园""彩虹桥"……对外国人来说非常不寻常，很能刺激人的想象力。在中国这块有着数千年高超精致诗歌传统的土地上，这是理所当然的。一切都经历了它的熏陶，中国人甚至都不需费神去思考一下。过了一段时间以后，连我自己也开始熟视无睹这一切空泛的东方布景或"陈词滥调"了。

餐馆小而舒适。可以坐在楼下，也可以坐在楼上。二楼也并不高，离人行道路面大概只有两米。这不多见。我还是第一次到这样的餐馆来呢！此外，今天和亮一起吃的午饭意义非凡。我很高兴地期待着。我感觉到有一个惊喜在等待着我。

门口一个热情、打扮颇有品味的女服务员连声欢迎，随后领着我们穿过窄窄的木梯到了楼上窗边的雅座。和楼下相比，这里更宽敞，窗外的景致也更美些。十月底，外面仍然很暖和，敞开的大窗户仿佛把人和外面的街道、午饭时分的生活气息连成了一片。同时，和街道上的座位相比，这里又更有隐私感。

桌上放着白瓷碗，碗边有蓝绿色的"寿"字图案作为装饰。每一个座位前都放有折叠美丽的浅绿色餐巾纸和筷子，筷子用纸套子套着，上面印着深绿色的竹子图案。筷子边上还有一块灰绿色的玉石，上面有一个凹进去的部分——那是吃饭时垫筷子用的。

我回忆起很久以前在布拉迪斯拉发，一个中国姑娘送我的一个小瓷卧佛。"她让我猜是做什么用的，我可是连猜三次都没猜对。"我看着对面的亮和小王说。

"真的啊?"开始小王还不敢相信。

"是真事啊,"我坚持着自己的观点,"我根本没想到这是放筷子用的,因为我们吃饭是不用筷子的。"

我意识到相对金属餐具而言,竹筷子碰触瓷器发出的暗淡轻柔的声音要美多了。我突然为我们叮当作响的金属餐具感到遗憾。小王一脸懵懂,因为没有在国外待过,显然对此一无所知。我还是把这想法留给自己吧。

这个时候一个娇小的中国姑娘端着竹托盘出现了。上面是刚泡好的上好绿茶和三个空杯子。

"如果泡太长时间就不好喝了。"亮开始给每个人倒茶。

他喜欢倒茶,而且倒的时候,总是带着一种敬畏感。这个时候我好奇地观赏了一下周围的景色。缺少一幅关于道家八仙的画。八仙是中国画家最喜欢画的人物题材之一。

在我的想象中,这八个仙人突然变成了四对不朽的情人,令人联想翩翩的图像:他们驾着小舟驶向南海的天堂岛,长发和丝巾随风飘扬。女人胸前别着莲花,男人们捧着美酒和琴。我听到他们在歌唱,欣喜若狂地从远处向我招手。

> 所有成双的情人都以自己的方式不朽了吗?实际上……肯定不都是那样的。只有那些以炽热、温柔和高贵的气息思念对方的;那些不带一丝虚情假意的;那些双方都奉献出了强烈的激情的(爱这个

词,恐怕在很多情况下,都用得太过分了)。

我又看了看对面的两个男人。他们正在谈论和雕塑有关的问题,对我的思想毫无察觉。我不想打扰他们,在等待上菜的时候,好奇地打量起餐馆的内部装饰来。

在房间的尽头有一个壁龛,里面放着一尊胖胖的弥勒佛雕像。他穿着浅粉红色、有葡萄藤装饰图案的袍子,留着胡子,很和蔼的样子,享受地笑着。佛像脚下是一个不深的金属沙盘,上面插满了香。这种檀香味在中国到处都是,大家对此已经没有什么感觉了。这里也没有火焰,雕像两边只有几根俗气的塑料电蜡烛在闪动。

> 我非常讨厌塑料电蜡烛,但有一个例外,那就是天主教堂圣体柜边上用它做的永恒光,只有这不会让我讨厌。

壁龛的两侧是一副对联。右书:生意兴隆通四海;左书:财源茂盛达三江。

这是典型的中国南方餐馆内部装饰。刚看到的时候觉得挺新鲜的,过了一段时间才感觉有点俗气,但是,它却制造出了一种特殊的、不可或缺的氛围。佛像下面一般还有献祭的水果食物拼盘。大多数餐馆老板根本不信佛,他们只是受根深蒂固的迷信影响,想利用一切可能的手段招来好运气。

谁知道他们为什么选了"八仙楼"这个店名呢？

根据中国文化传统，任何人都可以成为仙人。只要他在生活中的某个方面获得了非同寻常、超自然的能力。例如写诗、作画、弹琴、射箭，甚至喝酒等等（我想，给人带来性爱享受的艺术也算吧）。总之，几乎任何行业门道都可以……这个想法让我很感兴趣。于是问亮和小王，在中国传统中仙与女性的关系是怎样的？女性能不能也成仙呢？

"这点我不清楚，"亮说，"但是，那些最有名的艺妓常在自己的艺名后加一个'仙'字……"如果服务员不是突然把菜端来了的话，我们可能会继续谈论"不朽的情人"这个话题的。

她突然出现，绸缎短裙突出了她美好的身材和曲线。长长的马尾辫上面随意夹着一朵多彩的布艺玫瑰花。上面喷着金粉，没有任何香味。最新的时尚潮流。她的五官美丽，却显得很疲倦。更准确地说，有点漠然。每次上菜的时候她都是无精打采的，菜也上得慢，但菜的味道却是好极了。

亮是从小在海边长大的。所以，除了蒸笋和大叶青菜外，其他点的都是海鲜。不大的椭圆形"寿"字盘里的香辣鱿鱼散发出诱人的香气，然后还有鳊鱼、豆腐烤小鱼，以及摆成扇子形状的扇贝、螃蟹、大虾……

最后端上来的是条扁平的大黑鱼，圆圆的，嘴高翘着，表情愠怒。中国人喜欢把最好的菜放在最后上。

亮从鱼的前鳍下面夹出一块肉放进我的碗里。他以前曾教过我，这个部位的肉是最好吃的。他说过，鱼必须要会吃。

"要小心鱼刺。"他郑重警告我，一如既往。

"至少我会少说点话。"我笑了。

小王发现他断烟了。他抽的牌子和亮的不一样，所以他就起身出去买烟了。剩下我和亮两人单独在一起。出乎意料地，我还一直在想着外滩上的雕塑。

"你是怎么想到用巨人这个主题的呢？"我好奇地问，"看样子，C.T.I.公司里面的人挺喜欢的。"

"这个想法来得很自然。有一次我看见这个公司纽约总部里面一个雕塑的照片。雕塑的名称叫'金色少年'，让人想起古希腊神话中长着翅膀的神，不同的是，这个男孩手里还抱着一堆电缆和零件。所以我就想到了根据中国神话做类似的东西。"

"幸亏他们没有要求巨人手里也拿着什么科技器材。"我略带嘲讽地说。

"我绝对不会做任何妥协的。幸好，每个人心中都有自己的'太阳'。"

我自己理解了雕塑的真正含义，这就足够了。我从未问过他，他的太阳是什么。答案可能有好几个。我都能同时想出来。可是那个时候小王刚好回来了，我和亮便再没有说什么话。他们俩一直在谈论雕塑最后的一些细节。基座上的公司标志和纪念牌必须更换。金色的字改成银色,好让它们在紫色的大理石背景上更加突出。亮突然用小腿贴紧了我的腿一会儿,就几秒钟,然后又撤回去了。

在上海的这段时间,当我们和他的熟人在一起的时候,亮对待我就像涨潮和退潮一样:一会儿把我拉到他身边或者拍拍我的肩膀,一会儿紧握住我的手或者拥着我的腰,然后又强迫自己将我推开。就像海洋跟月亮的相互作用力一样。

* * *

在街上一路闲逛后,我们返回了亮所在饭店的1609号房间,略微疲倦,却心情愉悦。就我们两个人。小王和我们分开了。他在上海有亲戚,被邀请去做客,要明天上午才回来。

傍晚疲软的阳光落在房间里。我打开最边上的一个窗户,然后习惯性地把其余所有窗户的窗帘都拉上了,虽然在我们对面同样的高度上,除天空以外再无一物。亮给我们俩各泡了一杯茶。

当我们面对远方的落日在窗下围着茶几坐下来后,我首先开始说话:"嗯,"我有点胆怯地看着他,"我必须告诉你一个秘密。至今谁也不知道……"

他诧异、无语地看着我。

前天夜里你安装巨人雕塑的时候,我做了一个激进、重大的人生决定。是的。你肯定比任何人都更加理解我。是这样的,我终于决定彻底停止我的博士论文和汉学研究。我深吸了一口气,停了一会儿,再以稍微轻松一点的口气说了下去:

"最后几年我在比较文学方面做了太多的牺牲,所有那些论文、会议……根本看不到任何意义,亮。我明白了,它无法真正地满足我。我生命中那成百上千个小时花得太可惜了……"

> 人生太短,不应对自己苛求。在亮安装雕塑的时候我最终得出了这个结论。那时我二十五岁。那是我生活中又一个重大的决定。像离开亮的决定一样,酝酿时间相对长一点,然而却是坚决的决定。我给我的教授写了一封长信。事实上最重要的部分——《先知》① 的摘录——却在附言中。
>
> 灵魂也有自己的历史,就像世界或者整个宇宙一样。一个伟大的决定付诸行动——也许只有几秒或者几分钟的时间,然而,在个人灵魂的历史中,却可以和人类历史中任何一个值得纪念的伟大日子相媲美。唯一的区别是,它通常在世界面前把自己隐藏了起来。

---

① 《先知》一直被视为黎巴嫩诗人、画家纪伯伦一生的巅峰之作。

亮被她的决定吓了一跳。不久前在北京的时候她还那么兴奋地介绍了她的研究工作,以及准备去美国深造的计划等等……另一方面,她的决定又让他欣喜。他不希望她为了几个内行而在枯燥的科学理论中研究中国和中国文化。他知道,对她来说完全放弃多年的志向、学习研究成果,甚至同事和朋友,去走另一条路,是很不容易的。他从小就走上了艺术这条路,一条简简单单的直线,和她不同。

"伊莎贝拉,这太好了!"他高兴得叫了起来,紧紧握住了我的手,"我早就告诉过你,你不适合刻板的科学理论研究。"

"是的,你对了。但我无法机械地接受别人的观点。虽然这很痛苦,而且迟了很久,但有的事情必须亲身经历才能明白。"我一口气说完,也没有看他,轻轻地把手从他手中释放了出来。

我想起了最后几年的生活。我一直都在逃避自己。逃避我真正所喜爱的,真正觉得有意义的东西。取而代之,我扑在文学研究和专业文章上面。许多研究几乎只是理论层面上的推测……就在最近。把我和它隔开的仅仅是一层认知的薄纱。在上海这个地方,从高处像梦一样突然而神秘地飘入了我的生活。

当我在汉学教授的保护伞下面生活的时候,他一直鼓励我走他那条路。哈,科学院!多么响亮、堂皇的名字!那些完全和生活脱节，从最理性、准确、防腐处理过的无菌"精神"实验室里"创造"出来的，没完没了、枯燥乏味的科学论文、专题研讨、论文汇编、国际会议！我尽力相信，这就是我一生要走的路。但这是一个错误。我终于用这封致教授的信为自己的决定封了笺，斩断了那根和科学世界连接的粗绳，剧烈又残忍。一阵战栗，好像又一次逃脱了死亡的魔爪，逃离了那个早就想把我拉入死亡之谷的恶魔。令人窒息！（在一定程度上，肯定也和我的贪食症有关。）

在人类的思想、信息早就纵横交错的世界里，我个人的思想偶尔也被允许闪烁一下——当然是适度的。它的对面则是一个精神和想象力无限开放、放飞的世界。原创和无限自由的世界，像大海一样。

> 就算在某种方式上，科学研究也是一种文学创作，然而一边做科研，一边从事文学创作，对我来说就好像要同时服侍两位主人一样，没有妥协的余地。
>
> 然后还有我那该死的与集体大局、与现今社会制度和结构不兼容的个性，非自愿的局外人个性。命中注定般深深地刻在我灵魂的某个地方。亮也是这样。这不能怪我们。从外表上看，我在一个享有盛誉的单位，有一份令人羡慕的工作。可是那些总结、报表、出差报告、决议、联合课题和策略等等

真要人命。例会以及类似的各种集体活动（包括庆祝活动、圣诞节酸白菜汤①会餐等）让我厌倦至极。我害怕那些活动，人们需要在那里就共同的立场和步调达成共识。每次我都觉得，即使建议和主张有冲突，但每个人都有自己的道理。我像一个没有主见的人，在观点、解决方案和论据的蜘蛛网中迷失、困惑，感到无奈。可是，我为什么必须这样存在呢？做一个自由职业者不是照样可以活吗？！……做自己的主人，掌握自己的命运，这很吸引我。我不知道我的未来会怎样。可是我觉得，那就是我应该走的路，而且，不应该再问什么了。所有其他的、重要的事情都会逐渐对我显明的。万事皆有定论。

"那你的教授呢？"他突然看着我，从他的声音里我听出了一点担心，"他知道吗？"

"他很快就会知道的。我昨天给他寄了信……但是，我害怕他会诅咒我下地狱，恨我，并把我当作叛徒，因为他在我身上花的时间和精力已经太多了。"

"伊莎贝拉，别忘了，如果他有智慧的话，他肯定会理解你的。我不相信他会被自己的志向和价值观所蒙蔽，而要你成为它们的牺牲品。"

---

① 酸白菜汤是斯洛伐克民间的传统菜肴，主要在圣诞节前吃，很多学校、机构、公司等常在圣诞节前组织的聚会上吃这个汤。

"希望像你说的那样。不过我还是有点害怕。可是，我已经别无选择。我知道我再也不能为其他任何人考虑了。"

否则的话，我这一辈子很可能会不满足，会遭受折磨和痛苦。但是亮比任何人都明白内心自由的价值和伟大。没有必要给他做任何解释。

> 外脑记录：
>
> 真正的老师
>
> *不想为别人充当真理的解释者，相反，他会尽力教学生认识自我，认识一个人内心的精神力量，从而让学生能够成为内心真理的解释者。否则，他就只是一个本着个人动机追名逐利的人。另外，如果有谁声称他知道全部真理或者唯一真理的话，那么他要么是个狂热分子、疯子，要么就是个恶棍、无赖。*
>
> （铅笔注释：与纪伯伦比较！）

"那么你到底想干什么呢？"他打断了我的思路。

"也许我会当翻译。我知道，总会有办法的。但最想做的还是写作。写自己的东西……"

过了一会儿，我轻轻地以共谋的口吻对他说：

"你不知道，三年前我们吹了的时候，我第一次开始写作，写我们俩的故事。"

我的眼前又出现了北京八月的那个夜晚，它如晴天霹雳突然而至，就在我和亮分手的那天。深夜。独自一人。本来我只想像往常一样在日记里简单记一下，可是，突然间它就扩大成了一个完整的故事。虚构的情节也自发地混了进去。思如泉涌，以至于我的笔都差一点跟不上了……那是我生命中非常独特的一天。北京的一天。非常特别、紧迫的力度和宏伟。几千个小时思考、准备和决心行动的结果。我感到无法测量的巨大潜能释放进了宇宙。我的灵魂来到了生命的分岔路口（这是它命中注定的吗?），选择了一个全新的方向。

那是我第一次挥笔不停地写作，一直到天亮。和亮所经历的一切是如此强烈，以至于它们必须喷涌出来，向全世界宣告。此外我还记得那个晚上下了一场倾盆大雨，激烈、壮观、真切，长久等待后的倾泻，落在干燥的大地上，充满了原始的野性和美丽。一直到第二天小雨还在绵绵不断。

亮看了她几眼。她仿佛在梦中，出奇的美丽。他想问她那个小说的细节，可是不敢打断她的沉思。他感到这一切对她来说意义实在是太重大了。和他不同的是，她能把所有孕育的思想用文字表达出来……他眯起眼睛，想象她写作的样子。写他们俩的故事、他们俩一起所经历的一切。独自一人，沉浸在寂静的思想中。

"那么，这个故事现在怎样了呢?"他细细的声音，仿佛来自远方，打断了我的回忆。

"卡住了。不知道如何结束。就一个未完成状态。和一堆日记一起封在我父母家的一个大盒子里。但是有一天我一定会重新捡起来的。"我已经铁心铁意。

同时我也在心里分析,到底有什么东西在阻挡我,阻止我实现自己的目标……一方面和亮的故事还没有结束,另一方面,创作力,甚至可以说是创作痴迷,从回到斯洛伐克以后就突然消失、干枯了。或者有什么东西把它压下去了。我真不清楚。但我知道有一天它会回来的。那疯狂的热情,极其迫切的需求,终有一天会回到我的生活中来,像音乐一样。

过去这几年我的生活就是学习和研究。我又重新开始了前程似锦的汉学家生涯。我不太敢探索和创新,有时候也缺乏冒险的勇气——放弃理性、道德,尤其是非常安全、舒适的生活,离开那些已经被人踩出来了的小径……在那些日子里,那些本子我连碰都没有碰过。然而心灵的深处,它们仍然在灼烫、在呼喊我。北京那不可思议、独一无二、震撼人心的一天!虽然一切连七个小时都不到,最关键的部分可以说只是白驹过隙的一瞬:我跨出他公寓的门再无反顾的一刻……我感到无法抑制的冲动,想要把这一切重新拽出来,好好地把它们修改、编辑。我知道,如果不这样做的话,我的灵魂将不得安宁。

"我非常想给你看这个故事,我的意思是,以书的形式。"我补充道。

"你觉得什么时候能够完成呢?"他毫不掩饰自己的兴趣。

"我也不知道。它首先必须在我心里成熟……但是我想,需要的时间已经不会太长了。也许有一天它会成为一部长篇小说的,"我突然停顿了一下,"也许不会。我不做计划。亮,我才刚刚开始。"

他对我笑了笑,我明白,他对我很满意。

这是她能送给他的最美的礼物。他默默地看着她,想着,她生活和创作的前路还有什么在等待她。和他不一样,她的创作道路真的才刚刚开始。他想象了一下,那本书里会有多少真实、多少虚构的成分——她无疑会修改很多,使这个故事更接近她的理想和愿景。文学和视觉艺术创作的原则相似,几乎相同。无论如何,他对这个故事非常好奇。

我捧着那一大杯热茶,似乎想取取暖,虽然房间里温暖宜人。我悄悄地呷了几口清香的茶。

"亮,现在我可以跟你说,"我在不经意间换了坐姿,舒服地靠在椅背上,"几年前我很嫉妒你创作时的狂喜,你会无数个小时处在创作的癫狂之中,不吃不睡……直到有一天我自己也亲身体会到这种感觉。"

亮不解地看着我。

"是的,你肯定从来没有这样想过,但是,这是真的。

我在你身边的时候曾经极其自卑,好像活在你的阴影之下。我甚至有点嫉妒你所有的画和雕塑。"

这让他一下子难以置信。过了一会儿后他还是明白了——显然,这也是她离开他的原因之一……他不自觉地想起了前妻:除伊莎贝拉外他生活中最重要的伴侣,她也有过远大的志向。也许她也有过类似的感觉,虽然她从来没有明说过。也许她自己也不是十分清楚——她不是那种细致过分的分析家。可是,难道那是主要原因吗?他怀疑。她不是终于找到了让自己高兴、充实的事情吗?!也已经知道应该在生活中做什么。他们俩完全可以像两个艺术家一样生活在一起。可她却再也不想回到他身边,他也不问为什么。

这个时候,太阳马上就要挨到地平线了。它最后的光芒把屋内光亮的物品和平面镀上了一层淡淡的金。天际线上太阳周围闪耀着一条细长的彩带,黑暗在它上面缓缓地扩散,遮住了眼睛能看到的整个天空。

"我们斯洛伐克人有一句谚语是这样说的,"我突然指向天空,"'太阳转头看,明天雨连连'。几乎是百分之百的准确。你们也这么说吗?"

他摇了摇头。

"我从来没听说过。可是我相信明天会证明你是对的。"

那是他在上海的最后一天。

和他在一起的这几天里，我一直在想，我到底为什么不想也不能回到他身边去呢？我觉得他在等待我的解释。其实我自己更想把它描述清楚。然后在他面前说出来。

"亮，这几天关于你，关于我们俩，我想了很多……"我慢慢地说，有点没有把握，一边寻找着最恰当的词，"你是一个极端的个人主义者。轻飘飘地在云端，可望而不可及。好像随时会飞走，逃到别的地方……"

他默默地听着，不安地等待着我下面的话：

"……但是你不是为婚姻生活而生，不适合我想象中的生活伴侣。"我补充道，尽可能地轻柔一点。

> 亮似乎生活在另一个世界，没有人能够追随他去那个地方，甚至连我也不能。那里最重要的东西是他的雕塑和画。然后才是其他。如果我明确告诉他这一点，他是肯定不会同意的。可是他首先是一个艺术家，然后才是男人、情人、老师、父亲或者……我无法改变他的生活。我感受到了这点。他深植于一条与常人非常不同的道路，虽然我比前几年更加清楚它的坐标。巨人雕塑一瞬间浮现在我眼前，我再一次听到了他重重的富有节奏的心跳。

这一刻他看上去像是被蛇吓傻了似的，好像刚刚从她口

里听到了死刑宣判。事实上，她说出了他多年来意识到的感觉，只是他害怕说出来而已。可是，如果这不是真的，又该怎么办呢？他转过头去，喉咙一阵紧迫，然后又转回来凝视她的眼睛。在逐渐笼罩整个房间的柔和暮色中，他们还在不断地燃烧着某种神秘的火焰。

"但是我总是想让我身边的女人幸福。"他低声说着，美丽的眼睛里显露出了一丝悲哀。

我又沉思了一会儿。我们的关系里始终缺少了某个层面。甚至在我看来，我们俩像空间里两条不平行也不相交的直线一样。这其中他好像是被预定了似的，这是他命中不可分割的一个部分。我对他的生活原则十分钦佩，我也对他很感激——这一切我都感受到了。然而要按照我神圣的理想共同生活的话，这一切还是不够。在当时我的生活状态下，我追求的依然是传统的生活方式：家庭、孩子、同舟共济、患难与共。我相信，这是可能达到的最好生活模式。但是我不知道未来的生活会不会是这样，甚至，我也不知道到时候我是否还真正想要这样。

"亮，我知道，但这不是你力所能及的。"我稍微往后靠了靠。

"但你怎么能这么肯定呢？"他有点怀疑地看了看我，然后紧张地打量着我的表情。

"有一天你会明白的。也许我错了。但是，拜托你，现在别谈这个了吧,"我双手抱着头伏到自己的膝盖上,仿佛想把自己封闭起来。

房间里一片寂静。僵硬,略微沉重。从走廊远处时不时传出女人细细的笑声。一扇门打开了,过了一会儿又砰的一声关上了,笑声戛然而止,一切重归寂静。

> 转眼间那对不朽的情人划着小舟马上就要靠近永远年青、丰盛的天堂岛了。空气静谧,却不必划桨,船自发地向岸边滑去,岸上是无边无际的野生世界,茂盛的植物、万般的芬芳和鸟鸣的交响。男的先下到沙滩,然后伸出手接自己的女人。

外面已经完全黑了。他起身去开床头柜上的灯,然后一言不发地躺到床上,双手交叉垫在头下,观察天花板上台灯透过灯罩投射出的奇异光影。我给我们的茶杯加了点开水,用一个大托盘将茶杯和一碗葡萄拿到床边坐下。两人沉默了半天,看着不同的地方。

过了一会儿他坐起身来,将头靠在我怀里,然后,满怀不寻常的温柔,用沙哑的声音,和我说起离婚后他与女人们(数量还不少)的关系中总是缺少了某个重要的层面。

"但是,你理解我,也理解我的艺术。你是唯一一个不想束缚我的女人。我最属于你,虽然我们之间的年龄相差很大。"他若有所思地说。

他的表白让我困惑。我从来没有考虑过,我和他生活中的其他女人有什么不同。此外，除了最后那一个以外，其他的我都不认识。我伸手拿过茶杯，小心地把茶喝了。然后在脑海里思量，除了情欲之外，我和他还有什么共同点呢？……他不讲究个人形象，也许自己都没有意识到，可是骨子里浸染着欧式品味和思维方式，崇尚自由主义、奋发向上以及个人主义精神。正是这个"非中国性"让我一开始就对他十分着迷。

"从某种意义上说，我们两个都是混合了东西方文化的人。这一点让我们相互吸引，走到一起来了，你不这样认为吗？"我想尽快归纳出一个可信的有逻辑的结论出来，"除此以外，我们俩都喜欢艺术，都很多情。我们相互充实、丰富了对方，会终身受益。"

他只是沉思地看着我，一句话也不说。当我抚摸他柔软长发的时候，开始浮想联翩，忽然对语言，对它所有的美好、丰富的表达能力及其陷阱都失去了兴趣。

"你说得有道理，伊莎贝拉。不过我觉得还有一些别的因素，一些超出人世、超出任何逻辑分析的因素。"他缓慢地说，声音低得几乎听不见。

当他的最后一句话逐渐消散之后，一种优美的丝绸般的寂静拥抱了我们。它完完全全抓住了我们，我们也非常高兴地屈服于它。理性的世界停止了存在。我们语言交流的库存突然全部耗尽了，再也不用说一个词，该说的都已经说了。两个人感受完全相同。亮伸出手把灯调暗了一些。

过去，每次和我单独在一起的时候，他总是喜欢暗淡的、半透明的光线。在他房间里我们经常喜欢点蜡烛。

"在暗淡的光线下一切都显得更加美丽,"他说过,"明暗是阴影的游戏。缺了它,就算是最美的女性身体,都不会那么完美……"

我知道他特别想要我。其实我也一直盼望他要我。他会以惊人的享受欣赏和品尝我的每一寸肌肤,永不知足又极其敏感地弹响我身体上哪怕最细的琴弦。他拿走很多,给予却更多。他可以奇迹般地一次完全占有我的身体。

我心里突然升起了一股抵抗力量。可是只持续了一瞬就过去了。然后某种完全不同的力量终于取胜了——那长时期被理性禁欲、自傲以及找不到白马王子的失意心理压制的力量。真有白马王子吗?那一刻我觉得这样的等待完全是徒劳的。那只是给小朋友看的童话,儿时的玫瑰梦,虽然我的世界观被它打上了抹不掉的烙印。我细腻的身体过着修道院般的生活已经很久了。虽然表面上还看不出,但事实上它已经开始枯萎、悲鸣了。它突然强烈地渴望一双男人的手丝绸般温柔的触摸。触摸的时候它会发出动听的声音,它会颤抖,会给予。这是亮初识我的时候就察觉到的我的本性之一。我们开始像"男女"那样生活的时候,他告诉我的。

他温柔同时又像飓风般不可抗拒的阳刚之气又一次征服了我。如同音乐中疯狂火热的快板、突发的激情。我屈服于它,并尽全力压下理性,全身心集中在细胞迸裂的神秘放电和它们时缓时急的爆炸之中。这一刻，我用自我暗示强迫自己忘记了一切，和他一起把自己交给了原始火焰、原始本能的节奏与声响。

> 外脑记录：
> *世界的身体*
> *性爱过程中或者过后获得的合成一体、无所不包的独特感是一种最普遍的可经历的神秘体验。*
> *性生活可以把人的生命推上一个新的水平，并给予男女强有力的工具来探索最亲密的活动，分享最深刻的感情和幻想。不仅如此，它能做的实际上更多。您如果能释放自己的感性和活力，性就可以把您与社会和自然世界连在一起。通过它的帮助、人可以更加充实地享受生活，更加理解自己身体的意义。*

曾几何时亮是我第一个真正的情人。他有无限的耐心和温柔。他教会了我很多。虽然性爱享受的艺术即使通过学习也只能是掌握部分——因为它最重要的部分乃是天赋。来自上苍结合了敏感与狂野激情的馈赠，是特殊的敏感。它准确引领每一次触摸，每一个声音、动作及其力度和长度。在这方面我们完美地契合。不需要语言。十分神奇。

亮具有做一个出色情人所需的一切精神和肉体上的条件。那是上天赐给他的。他从来也不会让我产生心理障碍或者冷淡，这也是他真正的绝技。论到情色技艺，在我生命中他是空前绝后的，无人能与他比肩。在多年后的今天，我对这一点仍然有很大的把握。

我们玩过一种我发明的游戏。里面的角色总是到最后才确定。有时候我演的角色是冷冰冰的只想赚钱的妓女。我必须说最下流的话，用最粗鲁的表现方式（真的很粗鲁吗？我无法做出可靠的评估，但我尽力了）。有时候我演的是纯洁的处女，在危急时刻拼死捍卫自己的贞洁（我们总是把这个过程拉得尽可能地长。一场激烈的搏斗）。还有一个角色，它的灵感来自川端康成略微变态的小说《睡美人》：那个时候我是酣睡中无法被叫醒的公主，他可以对我的身体做一切想做的，而我不允许做任何反应。可是我每次都坚持不了多久……

今天我是一个经验丰富的高级妓女。一个适中的、我最喜欢的角色，那么自然，以至于我根本就不需要表演。亮的角色基本上就是两个：要么是粗鲁和冷血的自私者，要么是温柔的情人。两个角色我都很喜欢。这两个角色的结合是我内心的理想。

多年后我又一次享受到了他瘦长匀称身体的所有秘密。

连一毫米多余的脂肪都没有。有的只是细腻又富有弹性的肌肉和它们的合奏。他的身体很美。在我看来，不仅仅女性的身体值得钦佩和崇敬。如果我也做雕塑的话，肯定想用石头或者铜将他的身体塑入永恒。此外，从一开始他的体味——皮肤和头发淡淡的味道——就让我兴奋。几年了还一直在等着我。和以前完全一样，没有任何变化。

转眼间，那对不朽的情人划着他们的小舟已经到达了永远年青、丰盛的天堂岛。男的先下到沙滩，然后伸手给自己的女人。他们簇拥着在干地上前行，步伐轻快，像飞一样。一会儿就消失在满是奇花异草、清香果实和异国飞鸟的森林里。能听见的只有渐渐淡去的话音和女人纵情的笑声，一直传到了很远的地方。

很长一段时间内，时间完全停止了……当我回过神来的时候，内心感到犯奸淫罪的苦涩、灼痛，以及这个古色古香的词释放出的异味。这和是否有一个女人在北京等他没有关系。我不属于他。我的心已经不能像真正爱一个男人那样地爱他。在亮身边我不会有真正的满足。无法解释。但我的直觉、内心的声音是绝对不会欺骗我的。这一切历历在目，清晰得像夜空璀璨的异象。

我们面对面侧卧着，身体还连在一起。无言的他慢慢地用右手轻抚我的脸,似乎在重新确认它的每一条曲线和形状,虽然他早就牢记在心里了。然后向下、再向下,彻底又深刻地将我身体中哪怕是最细微的细节都记录了下来。

他在幸福中沉思。我大概能猜出来他在想什么。我想他正在酝酿新的雕塑。它们对我来说一直很陌生。也许第一眼看上去它们还有点像我,可是实际上它们已经与我没有多少关系了。我已经不像以前那样嫉妒它们。从某种意义上说,我甚至对它们很冷淡了。

过了一会儿,我机械地把绣有龙凤图案的缎质床罩盖在我们裸露的身体上。昏暗的灯光下,我的目光茫然、绝望地在周围的物什上徘徊。奇怪的罪恶感在灼烧我,把我活吞了,只剩下自我宽恕、否定和遗忘的愿望。

然而这一切都被丝毫不漏地记录下来了——在宇宙的生命之书中,包括每一个最最细微的细节。对此我坚信不疑。记录在神秘隐形的带子上的不仅仅是图像和声音,还有整个时候我们脑海里所有的思绪、每一个情感波动。认为"谁也不会知道"的想法是很幼稚的。

从某种意义上说,我又一次成了亮及其未婚妻之间的第三者。虽然他们不在一起,但他们之间的能量力线已经偏移了。谁能理解,就理解吧。

"你看上去很伤心。发生了什么事吗?"他有点不安地望着我饱含泪花的眼睛。

显然他一无所知。

"我仅仅是太激动了,如此而已。"我如此安慰他,然后,他就再也没有问了。

我什么也不想解释。是的,他没有错。他仍然爱我。如果我在那一刻决定回到他身边的话,他会马上和北京的女友分手的,很可能他会立即给她打电话。

我却无法告诉他,我的灵魂、整个内心世界——与肉体不同——已经很久不渴望他了。我的内心已经聚焦在一个未知的未来。我非常有把握,亮不是我生命的另一半。他在我生命的某个阶段扮演过重要的角色,并留下了深刻的痕迹,如此而已。他想象不到,我这方面的障碍实际上是非理性的,同时又非常简单的,改变不了的。用具体语言来表达的话:我内心的最深处已经出现了另一个男人的形象。

他在浴室的时候,我拿着湿毛巾无助地蜷缩在床角。茫然地任头发上的水流到我匆忙穿起的薄罩衫上。我甚至都没有扣好纽扣,罩衫后面湿了好几处。但那一刻我真是一点也无所谓了。

他突然走了出来,穿着干净锃亮的白衬衫,轻声地对我说:

"走吧,是吃晚饭的时候了。"他以慈父般的口吻说着,一边扣着衬衣上的袖扣。

从午饭后到现在我们几乎没有吃任何东西。此刻已经是九点多了。

"别用那些没有意义的想法折磨自己了,好吗?多爱自己一些!"他很精神、乐观地对我笑了笑。

他不是第一个也不是最后一个这样讲的人。这理论我太了解了。

然后他走到了门后,回头看我一动也没有动。我实在是不能马上离开那个地方。

他明白了。回到我身边,靠着我在床沿上坐了下来,对我说:

"知道吗?生活中美好的时刻不多。人应该学会在这样的时候开心。难道你想生活在无休止的自责和苦行中吗?!"

"但是苦行中也有喜悦和享受的,亮……"

"是的,也许是像你说的这样。可是,人总不能违背自然规律吧。"他用了更轻细的嗓音,同时抚摸了一下我的头发。

我没有说什么。然而,我们俩都明白,这是我们的最后一次了。

进电梯间的时候,我理所当然地让他先进去了,虽然以前我从来没有这样做过。明亮的电梯内装满了大镜子。这一次镜中的我却让我不开心。我好像一下子老了、暗淡了许多。他却没有这样的变化。只有天主知道,我多想在这个晚上美丽无比啊！都怪自己。很久以前他告诉过我："伊莎贝拉，对我来说，你永远都是美丽的。"但现在我有点怀疑了。这不可能是真的。

下了几层以后上来了一个年长的女士。很快看了我一眼，我敢肯定，她对我的"一切"都了如指掌。好像我额头上烫了字似的。妇人肯定鄙视我……在那一刻我真想钻到地下躲起来，并期望亮能帮我。可是我无助的目光碰到的只是对面沉默的男子不确定的眼神。

我的直觉对了。今晚我根本就不应该离开那个房间。我预感到了，这个时候和外界接触会出问题的。豪华电梯内刺眼的霓虹灯似乎更加加重了我内心的裸露和悲惨。我感到它在嘲笑我。

是的，嘲笑我。可到底嘲笑我什么呢？难道嘲笑我长期苦行禁欲以后重新释放了"原女"和"原火"吗?!

* * *

晚上快十一点的时候，我才回到了宿舍。觉得有点儿不舒服。沮丧中顺手拿起一件旧T恤衫套上，筋疲力尽，倒下就睡了。第二天一大早就醒了，比平时早很多。感觉格外清新和清醒，体内充满了奇异的力量。

但和往常不一样：我没有马上就起床。既没有拉开窗帘，也没有下床做早操，就那样一直躺在床上，目光空洞。

走廊上的公共浴室里响起了早上的第一声，朦胧得有如来自另一个世界。

今天是礼拜天。上午亮还有一些工作要做。他说过中午的时候肯定会给我打电话的。我们会约一个时间再见面……当我想起他的时候，发现自己已经是那样的冷淡，似乎已经根本不想和他再见面了。这一刻我们的船已经分道扬镳，朝着完全不同的方向行驶了。这感觉仅仅持续了一瞬。

我蜷缩成一团，试着进入自己最隐蔽的内心世界。我想弄清刚才控制我的奇异力量来自何方。想起昨天我又感到内疚。脑海里我将最近几个月的生活一幕一幕仔仔细细地演了一遍，突然间彻底明白了一个道理：昨天晚上我失去了"超人"这一危险的感觉。这非常重要。

我曾经通过定期练功来培养和强化禁欲、苦行，现在我自觉自愿地把它扔到了一边了。很长一段时期我一直往一个容器里添东西，现在这个容器猛然间被打破了。我的思绪一直缠绕着那个问题。现在愉快的感觉突然抓住了我：我终于自由了！我再也不用像机器人那样生活了。我很开心，不由自主地笑了起来。

> 通过练功来增加灵性让我很感兴趣。对于纯粹的苦行、独身，我一直十分钦佩。我再一次意识到，这些特性——自我禁欲这种最基本的欲望和需求——是天生的（很多人觉得这是不自然的。如果

他们仅仅根据自己的情况来评断的话,那就错了)。不久前我还那样高高兴兴地生活过。我想做一个"强"人。可是,那又有什么用呢?为什么要这样呢?这不仅不可能,而且,现在看起来,甚至是错误的。

过了一会儿我决定将所有这些想法都抛到脑后,什么也不想了。这技术我曾好好练过——仅仅感到自己的呼吸和气的流动,从头至脚,到每一个指尖。闭上眼睛……但各种想法和图像却仍在脑海里你追我逐,不得止息。我无法把它们压下去。

我起了床,匆忙地给自己泡了一杯茶。我没有去洗澡,取而代之,随便拿起一条大围巾把自己包了起来,坐到桌前,找来纸笔,将很长一段时间蓄积在心里的话倾泻出来。

房间里一片混乱。衣服、鞋子、杂志、信件、书籍、复印文件、化妆品、首饰……扔得到处都是,甚至地板上。伊莎贝拉却视而不见,只顾着写。这是疯狂。强过她自己的疯狂。带着巨大的享受她沉入了一个崭新的世界。一切都在她的控制之下——每一个人物,他们的思想、情感、行为和命运。她将它们塑造、雕刻到自己意识的石头中去。然后赋予他们生气,甚至决定他们头上每一根头发的存在。只有男人和女人,除此以外什么人什么事物都没有。任何外景任何时代感都不存在。只有他们的灵魂、他们的关系。

那一刻，所有其他的事物都已经不重要了。我写啊写，仿佛生死攸关。激动、急切、无限幸福，仿如激情的快板。写作，像祷告，像以内心和谐、天人合一为目的的练功一样，净化了我的心灵。我又回到了真我，再一次极其接近自我。像解除了诅咒，那样清新，充满了活力。

那类似狂喜的创作癫狂，突如其来，不由自主。去也如此。让人想起情感或疾病的突然发作。它只要一来，其余的一切都得靠边。人被它控制的时候，无法挣脱。大脑的某个部分必定被不明的冲动击中了。然后就开始喷发。那美妙、壮观、毁灭性的力量，如果持续太久的话，完全可以把它的受体吞噬。

有时候连觉都睡不好。常常醒来，文字还在脑海里东奔西闯，似乎无法"关掉电源"。如果被迫离开写作的话，无论是走在街上，还是开着车，那些词语搭配、熟语、联想、引用、如何改善文字的点子就会淹没作者，文字会像猛禽一样攻击他。

我二十三岁的时候开始写作，临时给作品取了个名字——《北京的一天》，那是我第一次体验到创作的癫狂。在深深的夜，进入到意识的另一种状态。远离日常平庸的实际生活，与永恒、宇宙神秘连接。

一时间我想起抽屉里还有一包没吸完的烟。我把笔搁下，找到那包烟。谢天谢地，火柴也在一起。我点燃了一支，带着长久的压抑被解除后的满足快感，狠狠吸了几口。一口气连吸了三支。怪了，我烟戒了那么久，居然还是很喜欢（从医生那里听说，喝酒上瘾的人，大脑里某个调节中枢会被永久损坏。所以谁也无法准确知道，是否会在什么时候又重拾酒杯。我估计烟瘾的机制也是差不多的吧）。我的大烟灰缸里已经放满了我的戒指和耳环，没办法我只好把烟灰弹到种水竹的搪瓷盆里。水竹已经长得很高了，还好，我觉得它们没有生我的气呢！

昨晚我放弃了严格禁欲的所有原则。自亮来了以后，连续三天我把每天铁打不动的练功完完全全丢到脑后去了。甚至还抽起了烟来……戴心平！一闪念我想起了我的气功老师。

他肯定会对我失望的。熬夜、赤脚、饿着肚子，手里还夹着支烟！这会生病的！没有身体你还想干什么呢？好几次他带着嘲讽反问我。他早就看出了我天生的自我折磨倾向。很长一段时间我没有熬夜了，今夜可能会违例，一直到天亮。然后一而再再而三地熬夜，完全打破良好的起居习惯……放走灵感胜过犯罪。这珍贵、脆弱的杯里一滴灵感也不允许失去和变质。我就是那么想的。

戴心平非常实际，像大多数中国人一样。自律和中庸之道把握得很好。把按时起居作息以及源于此的健康理所当然地摆在了生活的首位。对他来说，早晚各练一小时功是一点问题也没有的，可以说这是他精神和身体所需的"毒品"。当然，他不知道其他"毒品"。他告诫过我，你必须好好保重自己的身体——难道你不想长寿吗？

亮和我却都喜欢走极端。虽然从理论上讲我们也是把健康放在第一位的，但同时我们又把它推到一边去了。创作也有冥想练功的良好作用，可以"清空思想"，可以把所有低级、狭隘、算计、小气等负面思想都从意识里排挤出去，给生命带来巨大的活力和意义。然后这深刻的狂喜感又会强壮身体，防止疾病滋生。

> 走极端——我的另一个天生的、绝非理想的性格。我数了数我这样的"不良性格"，至少有九个：从自我牺牲综合征、上瘾倾向，到迷恋苦行（这实际上还不算那么坏）等等。可是我意识到，我其实一个也不想去掉或者更换它们。如果我接受自己并最终完全认同自己生命的本质，又会如何呢？（我怀疑。做自己的朋友在我看来是不可能的。）

> 外脑记录：
> 斯洛伐克性格的浪漫主义
> 传统观点认为典型的斯洛伐克性格特点是忧郁—胆汁气质。这种气质的特点是情感胜过逻辑，善解人意的同时也会过快论断，有冒险、遐想、高

贵和胸怀远志向大的倾向,不过也有容易疲劳和多变的性格。

真是太准确了!虽然我的血液里还混有日耳曼、匈牙利等民族的基因……这很复杂、纠结。或者不是这样?

我写了一页又一页,不知不觉过了很长时间。突然感到难忍的饥饿和虚弱,全身奇怪的僵硬。到了必须给身体添加一些物质能量的时候了。我起身从门边上的大柜里取出了最后剩下的食品。烧水准备再沏一杯茶。然后小心地把食品和茶放到竹盘里,再搁到靠近床垫的地板上。

我盘腿坐了下来,食欲大开,开始享用我珍贵的储藏品:一小包芝麻饼干、没吃完的果酱、一小把花生以及最近别人送给我的一个巧克力棒。配着饼干,我先用小勺舀出玻璃罐中的橙子果酱吃了,时不时呷几口热烫的茶。我却仍然无法放松,无法将前面所有的想法都撤到一边去。最近我想尽力认真走一条路,但与之相关的疑问悬而未决,一直在心里缠着我。

那些想法淹没了我。我一直强迫自己回答,气功老师教我走的这条路是不是真的符合我的天性?是不是能给我带来内心的幸福和满足?气功老师首先要求生活有规律,有节制,不走极端,然后不做怪人、局外人。他还责怪我对外面的生活不感兴趣。

看着周围书架上的中文书籍，我突然想起古代东方的仕女来，与世隔绝的她们，只能生活在闺房、宫殿或者后宫里。她们中间有不少写过诗歌、日记，有的甚至还在文学史上留下了芳名。围绕她们的都是美和艺术，她们从早到晚只需要关心香水脂粉，让身体、精神精致优雅。其他都不重要。（难道还有什么比自己的灵魂更令人兴奋、更亲近的呢？其实，喜欢描绘自己的，也不仅仅是女性。）

这一刻她们离我非常近。我想象着她们的世界，以及她们世界的色彩。伤感和怀旧。

外脑记录

浣溪沙（朱淑真）

玉体金钗一样娇，背灯初解绣裙腰，衾寒枕冷夜香消。

深院重关春寂寂，落花和雨夜迢迢，恨情和梦更无聊。

我蓦地站起来走到对面窗边的大镜子前——因为一阵突然想看看自己的冲动抓住了我。带着一分好奇，我仔细端详了自己苍白到几乎透明的脸，寻找上面所有的变化，即使是那些最细微、最不起眼的。然后小心缓慢地用手摸了一遍，好像想证实它是否真的在那里。这是我的存在中可以触摸的重要部分。奇怪地它又黯然失色了。我的眼睛里落下了新的阴影。那欢快的轻松与平和不见了。

在气功老师和气功练习的影响下，有一段时间我终于成功地摘下了内向、羞涩和忧郁的面具。可是它们现在又像回力镖一样飞了回来，并凶狠地吸住了我细嫩的皮肤，长进我身体里了。我又将回到拼命撕裂、除去它们的老路……但是万一我不想这样做的话，又会如何呢？

我突然再也不想把自己的本性假装成无忧无虑、开朗和完美平和的了。我决定一段时间不过那个清心寡欲的规律生活了。让我的灵魂安宁、平衡的这个功那个功，妨碍我在幸福和痛苦的狂喜两极之间往返。我再也不能够深刻体验这样的感觉了……我决定再一次放纵自己，享受更野蛮、激烈的生活方式，因为我的血、我的内心如此渴求。我已经在这神奇的、极其重要的情感和感官世界之外，最主要的是在创作之外生活得太久了……我在脑海里和亮交谈着。

他从来没有把自己当作我的老师。他是不会同意这样的称号的。肯定不会。但恰恰是他，在不知不觉、不曾计划中帮我完成了长时间人生道路的寻觅。寻觅如何在生活中发挥自己的才能。是的：正是在这个地方，在上海，我终于彻底明白了一个道理——我必须写作。

我大概不会在绘画和音乐领域有什么作为。这一点我很清楚——虽然这两个领域也很吸引我。我想写作，写任何东西：游记、诗歌、短篇、长篇、感想或者报刊文章……将自己的思想和精神之旅抒发出来。多年来我已经阅读了大量书籍，反复思考过许多问题。它们已经开始在窒息、吞噬并且扼杀我的灵魂。

别的道路都偏离了我的本性。然而外面的人从来也没有告诉过我：写吧！对你，这是生死攸关的重要的事情。写吧，抛开一切。

外脑记录：

创作的伟大

你是作家吗？请试着这样想一想！——成功的文学创作只有一个大规则：内视自己的心灵，然后写！但请你真实、勇敢，并忠实于你内心的指令。请再思考一下：任何作家都无法写出超越他自己价值的作品。你是你自己的记录员，将自己写入自我的书中……具有这样思想的作者，不会考虑他（她）的书是否会是文学，而只会有一个念头：用写作穿透人心，带给人们生命力和价值：那些能提升他们生命的东西。

谁知道，今天还有多少人把上面的宗旨当成写作的理想呢？更不用说，有多少作家以这样的理想写过，或正在写呢？

灵魂最忠实的肖像……

我想起了亮美丽的手。他的表情，所有那些来自他灵魂深处，充满了激情、焦灼和绝望神情的画。我突然明白了我为什么喜欢这些画，为什么它们会打动我。做一个没有任何弱点、内疚，内心强大稳固、平和、知天知命的圣人，不管有多美好、高贵，这个理想已经不像以前那样令我着迷了，如晨雾悄然消散。

是的，我也想创作。对于那些受身体激情、灵魂不安和痛苦折磨的人，我也想把他们创作出来。最近几个星期我清楚地感到，好像在伟大的内心和谐与感官世界之上的超脱里，我幸福所需的某种神秘的张力——淡然消失了。

我又点燃了一支烟。想起了亮。我们两个人世界的接近，远远超过了我的想象。虽然我们命中注定不会在一起生活……

过了一会儿我又坐到桌前——未完成的故事还在等着我。寓言——两个人物，在无边无际的沙漠，一男一女。此外什么人什么物都没有。任何背景任何时代感都不存在。只有他们的灵魂、他们的关系。两个人在无穷无尽的孤独中。他们在等待日出。他们一方面十分强大，一方面却又那么脆弱；一方面相似又熟悉，另一方面又是那么令人痛苦的陌生。

十二点前一个电话中断了我创作的狂喜。我知道是他。然而那一刻我正在另一个世界，分不清东西南北。铃响三声后停了，过了几分钟又响起。我终于下决心去接电话。

是亮从旅馆房间打来的。想请我吃午饭。他的声音轻松愉悦，我在电话这一端也能感觉到，他很高兴想要见到我。

　　"我还穿着睡衣呢，"我支支吾吾，"我需要准备准备……别生气啊！我一下子去不了。求求你，自己先去吧。我过两个小时再来，好吗？"

　　"伊莎贝拉，出什么事了吗？"他的语气有点不安。

　　"什么事也没有。我就想一个人再待一会儿。"

　　我没有能够告诉他，我正在写作。像深藏心底的秘密，我正享受它。在那一刻，我不想和任何人分享。

　　"好吧，随你。我在这里等你。"他轻声回答。

　　亮从来没有强求也没有逼迫过我什么。他给了我绝对的自由。我非常喜欢这一点，虽然有时候我也期望他至少会表示有点不耐烦或者不满，对我强求一次。但这是不可能的。

* * *

　　一路上暴雨狠狠地敲打车身。司机不时咒骂糟糕的天气，但我却很高兴。

>　　在中国古人的想象中，雨是和情色相关的。云是阴阳二气交融的体现，雨则是这两者交合隆重的终场。阴——阳：自然力量的浇灌、重叠、融合。

那样的想象令人兴奋。我渴望他的身体、他的手……只有一闪念,很快我就控制住了自己。在出租车司机旁边沉迷这种幻想,似乎不太合适吧。如果他感觉到了的话会怎样呢?谁知道呢?没有把握啊!

已经很久没有下雨了。雨后总是那样清爽、安宁。一切都好像重新开始了。洗净了,更强了。我十分喜欢雨,只要不是一下起来就没完没了的那种。我开心地观察着远方地平线上逐渐消散的乌云,预示着十月上海一个晴朗的日子。

我来到他房间的时候已经快两点半了。他的行李都已经准备好,不到两个小时就要去机场了。小王在洗澡,亮则半躺在床上。我什么也没说,就在他脚边坐下,做我最喜欢的功课——给他按摩脚,用手指刺压他的脚掌。同时我也劝他睡一会儿。我知道这几天他很累。

他半闭着眼,没有睡,时不时问我累不累。我不累。很多人都夸我的按摩技术,虽然我只是业余爱好,但是每次做起来都很投入。我天生知道如何在恰当的地方用恰当的接触让另一个人感到舒适。多年的钢琴练习也让我学会了如何将力量集中到指尖,同时让整个手臂放松。

很久前在北京,他钦佩地对我说:"如果你生在古代中国的话,一定是全中国男人梦寐以求的艺妓。"

是的，我相信他说得对。这样的假想在某种程度上让我非常兴奋，同时也刺激了我生动的想象力。那样的话，也许我也可以在自己名字后面加一个"仙"字了……我的好奇心会得到满足：我会观察并系统收集、评估、比较男人的性行为（他们的体味、声音、动作和特有的习惯）以及它们的常态、差异，甚至变态行为……也许我会和那些男人一起作诗填词，无休止地谈论艺术和爱情。也许从这些素材会产生一本有意思的记录文学，或者一本回忆录。会很美。可是那样的话我必须早出生几百年，而且主要的，还必须是在不同价值观的文化里。那样的话，那还会是我吗？

艺妓在中国古代经常是了不起的诗人、音乐家、舞蹈家，同时也是非常善解人意的好伴侣，尤其是对那些才华横溢的艺术家、文人而言。他们家里是忙于家务的发妻和沉闷枯燥的日常生活，真正的身心愉悦、享受，宝贵的精神清新、振作、灵感和美感——这一切还得从艺妓那里获取。

外脑记录

酥乳（赵鸾鸾）

粉香汗湿瑶琴轸，春逗酥融绵雨膏。

浴罢檀郎扪弄处，灵华凉沁紫葡萄。

（铅笔注释：在中国古代这算是很大胆露骨的了！十分直率，不用暗喻。）

谁知道她们的性生活是怎样的呢？想要孩子的欲望、避孕或者流产这样的问题又是如何处理的呢？她们中也许也有过不折不扣的慕男狂……不管怎样，带着强烈的爱慕等待很难来一回的情人，对性欲和性爱生活一定十分有益。

她们会在自己脆弱的身体上察看哪怕是最细微的变化。花园里新生的一花一草、脸上新添的一根皱纹、铜镜和首饰光泽的暗淡、情感的颜色都会引起她们的不安。和男人感情上的联系是她们世界仅有的中心点。一起度过良宵之后随心爱的男人一起消失的魅力、每一个轻柔的动作、每一瞥、每一次回眸，对她们来说这一切都极其重要。但是她们的命运却往往很悲惨，和一个稳固的伴侣一起生活的愿望无法满足。红颜薄命，这是自古以来中国的一句俗话。

头发湿漉漉的小王从浴室出来看到我们，有点不好意思。为了缓和一下尴尬的气氛，我主动提出来也帮他按摩按摩脚。

"这很舒服、很提神的，强烈推荐你试一试。"我笑着鼓励他。

他不愿意。他在自己的行李箱里翻了翻，突然说，还需要给老婆孩子买些礼物，这是每次出差应尽的义务……然后就悄悄地出了门。在外面花了很长时间买东西。

实际上我们已经不需要他的什么特殊关照了。我们只想在一起愉快地度过最后宝贵的时光。我们再一次想在对双方有良益的树荫下乘乘凉,尽可能多吸取一些营养,然后存入各自的储存室。

我不知道是否还会见到他。他一直开足了马力,像在急速旋转的木马上,在疯狂的工作压力之下生活着。最后由于精力衰竭和过量服用安眠药,等候他的是死亡的威胁。

曾几何时看着他被吸干了的瘦弱身体,我很高兴正是我给他注入了生命的活力,从快要熄灭的火星重新燃起了大火。有时候我又觉得他没救了。是的。想起他的时候,我无法完全摆脱他很快就要死去的想法。嘴唇上带着一丝微笑,轻松、平和地死在他那些绘画和雕塑中。他对长寿这个问题以及如何长寿从来就不感兴趣。

过了一会儿,他翻了个身俯卧下来。现在是背部按摩。我用专业按摩师的按法按摩他的脊椎骨,一节一节往上,然后再往下,再往上,从这里再按摩手,那双创造了那么多美的手。当我接触他手掌的时候,他突然用力地抓住了我的手。我一下子无法抽回,因为他不放。

我们的身体再一次掠过肉欲的波澜,必须得处理它。我们都同时自觉地把它压了下去。不用解释,我们都知道对方这样做了。我们彼此的意志力都很强。当然小王也随时可能回来。

如果不是那样的话,我们之间还会发生点什么吗？对此我现在已经没有完全的把握了。而且那个时候我正好穿着性感的红黑色蕾丝内衣。我很喜欢。我也很喜欢这样打扮的自己。就算是整天独自一人在家，我也会穿上它们的。并不需要什么具体的意图。美好的物品、衣服、首饰、香水都可以给我补充特殊的能量。这能量在我灵魂里面，但还想通过我存在的物质方面被赋予力量、被触摸，并表达出来。

"差点忘了，"他突然把头转向我，"你想象一下，小王昨天告诉我说，如果我们俩有孩子的话，一定很漂亮……"

"是吗？"我一下子还无法相信，"他什么时候说的？"

这话让我有点诧异。因为小王不算他的密友。他们仅仅是工作上的合作伙伴。我没有想到他们俩在一起会议论我。

"前天晚上安装雕塑的时候他说的。在安装雕塑的粗人之间，你像一个飘舞的森林仙女。"

"我还真以为你们一直都在全神贯注地安装雕塑呢！你们居然是这样的……"我逗他。同时我也在想，这几天他们俩关于我到底都说了些什么。也许仅仅是那一句话而已……但无论如何我觉得亮还是挺信任他的。

在中国说话谨慎是理所当然的事。人际关系复杂到了不可思议的程度。当然在任何地方它都不是件简单的事，但在这里，在庞大的人口和每一个小地方——抽象的或具体的——所承受的巨大压力之下，这一切就更加复杂了。人人都非常会保密，因为那是生存的重要原则。

离出发不到半个钟头了。太阳突然从云层中跳了出来，以不同寻常的强度照着大地。我想起巨人和他的太阳……好像是雨过天晴，有一段时间房间里充满了刺眼的光芒。我闭上眼睛把脸伸向其中，尽情地享受。但是它只维持了几个片刻，然后又被云遮挡了，醉人的光亮消失了。

我看了看亮是否在这当儿睡着了。他睁着眼睛，望着窗外，跟往常一样沉思着。但是他的面容显得新鲜，休息得很好。

我的眼光落在床头柜上一个开着的蓝色小盒上，一个像是王室徽章的图案印在上面。它对我像同谋犯似的眨了眨眼。我明白了，我的"五戒"彻底破除了。我一声不响地从里面抽出两支细细的香烟来。亮看着我愣了一下。首先我点燃了一支递给他，然后我又从燃着的烟头接过火来。这是我们过去的仪式。我们品味着缓慢燃烧的烟草散发出的香味，无语地看着窗外。

我的内心又回到了早上矛盾的感觉。禁欲与创作的冲突……我对他的观点感兴趣。我们在公园里的谈话——对于苦行他有过什么经验——还没有结束，剩下的时间不多了。我犹豫了一下。我也不想用那些关于生活的复杂思考来麻烦他。这对他来说并不重要。他是跟着内心直觉走的那种人。

我把脸埋进手掌，双肘支在膝盖上，再一次思考自己的经历。一个年轻姑娘和一位尽情生活过的中年艺术家。他热爱生活及其芳香。他没有对自己施暴,也尽量不伤害任何人。他不想强行将生活塞进什么"正确""明智"的思维模式里。一个遭受过巨大痛苦、内心撕裂的人。他感激上天赐予他的敏感,并把它铸入了绘画和雕塑作品中。

在缎面笔记本——我的外脑——里面,我用红笔抄录了一段有趣的,甚至是天才般高超的思想:对爱欲和创造力的压制可以带来灵魂的黑夜。后面加了好几个惊叹号。然而亮却不是这样……他不需要这些理论。一切都是自然而然的。他的生活与心声和谐一致:他忠实于自己。这是唯一令我嫉妒的一点。我经常没有道理地压制、窒息自己的心声。作为惩罚,我活着,却与力量的灵魂隔绝开了。

亮眯起眼睛,带着无声的敬畏凝视着她。不知道她在想什么,然而却感到这几天她又有了变化,往前跨了一大步。跨向未知的一大步。他意识到,她那无法预料、深不可测的灵魂多么令他着迷。一个始终在寻觅的、矛盾的灵魂。那些折磨过她的问题他从来都没有问过自己。

我突然想起了一些离奇的事情:与禁欲和艺术家放荡不羁的生活方式有关。我想问问他对这个问题的看法……

门却在这个时候开了。小王带来了从上海豪华商店扫来的"战利品"：纪念品、糖果甜食、化妆品等等，一排一排地展示给我们看。

"老婆还要我给她带金色眼影和金光闪亮的小提包，"小王解释说，"可惜一样也没找到。只有银色的。"他不无惋惜地说，一边忙乱地将这些散开了包装的东西重新放进了那个印有上海最大的百货大楼标志的塑料袋里面。

已经三点多了，是必须出发去机场的时候了。亮和小王说再见，并说服他留在房间里。小王还要在上海待几天，处理一些收尾事务。然后亮拿起两个不大的旅行箱和我一起出了门。在等电梯的当儿，问我是否想送他去机场。

我没有想过，所以就耸了耸肩，算是回答。

"还是不去的好。"他最后这样决定了，我无语地点了点头。

外面被大雨洗过，一切鲜艳无比。斜阳从翻滚的云浪中探出头来，射出的光线如此强烈，以至于伊莎贝拉不得不用手遮住眼睛。亮在酒店门前拦了一部黑色出租车。在坐进去之前，最后一次温柔地抱起她，吻了一下她的头发。在这个地方，在下午人行道的混乱和拥挤之间，一些陌生人好奇地打量着这不同寻常的一对。没有人知道这是他们永久的分别。但是亮却知道，生活中有些事情是无法勉强的。他肯定祝愿她有一天能够找到如意郎君，但同时又怀疑，世上是否存在这样的男人。

周围的一切都在雨滴中闪烁。雨水洗净了无处不在的厚厚的灰尘和污垢。我闭上眼睛……那一刻宇宙中只有他——我生命中第一个重要的男人。在我的灵魂中烙下了深刻印迹的男人。令人着迷的艺术家和令人难忘的情人——命运给我安排的一个中国人……这时我脑海中突然闪过一个念头：其实我对他几乎一无所知。他似乎罩着无法穿透的神秘披风。他从来也没有谈论过他的情感和梦想。我无法想象整个过程中——无论是几年前还是现在——他的心路历程。尽管我们在一起经历了很多，但在我心里他却以一种特殊的方式陌生如路人。他不属于我。我也不属于他。然而我们却命中注定要在生命的一段时间内成为情人。一对极其美丽，拥有超常想象力、愿景、独创仪式和使者消息的情人。

最后一次稍纵即逝的触碰，最后一丝他散发出来的香味……然后消失在汽车里。亮！

他身上到底有多少仅仅是作者想象出来的神话？一个具有道家思想充满激情的艺术家的神话……谁又知道，整个过程中他是怎么看我的呢？多年以后当我回忆这一切的时候，我已经没有太大的把握，我在他生活中——那时和现在——到底是什么样的位置，毕竟他有过太多的女人。也许我可以猜测出来一些，但这已经无关紧要了。

他还不知道他带走了一个东西。出发前在房间里趁他不注意的时候，我把一个小礼物塞进了他的袋子里。那是一本翻译成中文的书，作者是我喜欢的一位作家。只是薄薄的一册书，封面在常见的中文书籍中却显得很不寻常。那上面是一个裸体的女郎，身体一部分被披散的长发遮住。头上火红的月桂叶子编成的花环——她唯一的装饰——在黑白油画的衬托下显得更加突出耀眼。背景里有很多古希腊罗马基督教的象征物以及圣人、天使和灵魂的头像，他们死亡的眼睛空洞无光。

那个梦幻女郎站在一座古老基督教堂的壁龛里。带着敬畏感凝视着高处某个地方。画里响着柔和虔诚的音乐，也许是额我略圣咏①。她脚下站着另一个女人，若有所思地望着下面。两人身体不全，只能看到头部。给人的感觉是两个死后找不到安宁的痛苦灵魂。画里弥漫着神秘的雾气，与十九世纪末象征主义画家喜欢的略带色情色彩的女性图案有联系。

虽然画面上再没有其他女性，但我感觉这只是一张画的局部，原作上肯定还有更多的女性，都同样美丽、神秘、高不可攀。尤如名字里带"仙"字的非凡情人和高级妓女，抑或是蛇蝎美女。如今当我想起那本小书的时候不禁哑然失笑。我想象着亮如何惊愕地拿起它，翻开，读我的献词……这当儿载着他的车逐渐消失在远方。我追望着它，直到它在

---

① 是一种单声部无伴奏的基督教咏唱音乐。

我的视野中完全消失。

　　如果是电影的话,这个时候他们的故事就结束了。无言地。定格。在这个世界大都市午后喧嚣、混乱的街头,金龙酒店门口的人行道上,在他们最后一次温柔的拥抱和亲吻中,在那些毫不知情的陌生人群里。正是在这家酒店,伊莎贝拉和亮最后一次像情人一样拥有了对方,在最深刻的亲密中,像创世纪之初的男人和女人一样。

　　接下去的那一刻我感到还有很多话没有说完,同时又觉得一切,包括最后一个字——都已言说殆尽。即使如此,我仍然在脑海里和亮说话,给他写信。我急切想要用具体的字句告诉他最后一些话。可是我没有把握是否会给他寄去,是否对这一切还有必要补充。对他来说,话语作为一个工具从来都没有多大意义。一方面他不是很相信它们;另一方面,和我相比,他也不是很喜欢使用它们。

　　我环顾着四周,像在梦里一样。我站在上海的交通大动脉——无穷无尽的南京路上,看着这个美丽的礼拜天下午阳光照耀下的人海。人们打扮得得体入时,脸上洋溢着笑容。有的走路,有的骑自行车。大多数人显得无忧无虑,很多是一家子带着小孩出来逛街,小孩子手上拿着五颜六色的零食。好多好多的男人和女人。

那一对对不朽的情人悄然划着小舟，驶向南方大海的天堂岛。他们的长发和丝巾在风中飘舞。女人们衣着柔和神秘，男人们一边饮着葡萄酒，一边在齐特琴的伴奏下唱着欢快的歌。陶醉在热望之中，他们在远处向我们招手。空气静谧，船不必划桨便自动向岸靠拢，那里满是植物、野兽和异域的芬芳。那是永远年青和丰盛的岛屿。谁能理解，就理解。

周围到处都是成堆的人。他们在最丰富的组合、类别和关系之中。女人和男人——每一个都和他人不同。不可重复。每一个人都有独一无二的灵魂、气质和命运。那么多的女人和男人。大部分在大声嚷嚷着（和斯洛伐克人相比，他们在面部和肢体表现上更丰富、更火热）。他们戴上墨镜，回头看漂亮的女人；在风中抚头发，看手表，拦出租车；扔掉一次性纸杯，点烟；在门窗玻璃前察看自己的形象；走进美容院，买花，回头看商店橱窗里陈列的性感蕾丝内衣和昂贵的珠宝首饰，在心里算账数钱；买通俗小报……很多人在琢磨如何更好、更健康地生活。敏感一些的在小心地扪心自问，自己幸福吗？内心满足吗？虚无和空虚让他们恐惧。不少人身上已经开始出现早期抑郁症的症状了（幸运的是抵抗它的办法还不少）。有的人在想，是否在虚掷光阴？是否徒然埋葬了太多的梦想、远大的志向和宝贵的才能？是否在生活的重大决定中倾听、忠实了自己的心声？

另外一些人正在和街头报刊摊主们激烈讨论时下的热门

话题。很多杂志上登有介绍名人、媒体明星和统领当下潮流、品味的偶像的文章。上面的彩色照片和流言蜚语满足了公众对他们的私生活和三围尺寸的好奇心。此外当然还有关于他们的各种辛辣刺激、古怪奢华的逸闻轶事，订婚戒指和婚纱的天文数字价格。一切都那么酷。还有娱乐演艺界人士的薪金报酬、人寿保险赔偿金额、抚养费等等。暗中窃来的隐私绯闻以及快乐和悲伤的故事。这些故事大多数都相当平庸、肤浅，或者经过了大量的添油加醋，极其夸张和虚假。那些故事首先要能吸引眼球，要能"吆喝"。在上海、布拉迪斯拉发以及世界任何一个地方都同样，这样的故事每天"喂养"着亿万人民。简直是疯狂。

很多人都评论了当天发生的重要事件。

他和她。

虽然任何地方都没有讲过、没有写过他俩一起经历过的一切。对数百万期望爆炸性消息的大众来说，也没有任何适合他们的新闻报道。可是，每一个词语、每一个眼神、每一个动作、每一丝香味、每一个声音、每一个声调、每一个思想、每一个哪怕是最细腻的精神活动——发生在他俩之间极其重要的一切肯定在哪个地方被记录了下来。没有被遗忘的。被一架神奇摄像机忠实地捕捉到的，包括最最细微的细节和它们所有的秘密，永恒地被记载并密封在宇宙的精神档案之中——那里，保存着每一个灵魂的历史，亘古至今。

"蓝色东欧"译丛（部分书目）

第 一 辑

- **《石头城纪事》**（小说）
  【阿尔巴尼亚】伊斯梅尔·卡达莱 著　李玉民 译

- **《错宴》**（小说）
  【阿尔巴尼亚】伊斯梅尔·卡达莱 著　余中先 译

- **《谁带回了杜伦迪娜》**（小说）
  【阿尔巴尼亚】伊斯梅尔·卡达莱 著　邹琰 译

- **《石头世界》**（小说）
  【波兰】塔杜施·博罗夫斯基 著　杨德友 译

- **《权力之图的绘制者》**（小说）
  【罗马尼亚】加布里埃尔·基富 著　林亭、周关超 译

- **《罗马尼亚当代抒情诗选》**（诗歌）
  【罗马尼亚】卢齐安·布拉加等 著　高兴 译

第 二 辑

- 《我的疯狂世纪（第一部）》（传记）
  【捷克】伊凡·克里玛 著　刘宏 译

- 《我的疯狂世纪（第二部）》（传记）
  【捷克】伊凡·克里玛 著　袁观 译

- 《我的金饭碗》（小说）
  【捷克】伊凡·克里玛 著　刘星灿 译

- 《一日情人》（小说）
  【捷克】伊凡·克里玛 著　高兴、杜常婧 译

- 《终极亲密》（小说）
  【捷克】伊凡·克里玛 著　徐伟珠 译

- 《等待黑暗，等待光明》（小说）
  【捷克】伊凡·克里玛 著　杜常婧 译

- 《没有圣人，没有天使》（小说）
  【捷克】伊凡·克里玛 著　朱力安 译

- 《花园里的野蛮人》（散文）
  【波兰】兹比格涅夫·赫贝特 著　张振辉 译

- 《带马嚼子的静物画》（散文）
  【波兰】兹比格涅夫·赫贝特 著　易丽君 译

- 《海上迷宫》（散文）
  【波兰】兹比格涅夫·赫贝特 著　赵刚 译

- 《父辈书》（小说）
  【匈牙利】瓦莫什·米克罗什 著　许健 译

第三辑

- 《乌尔罗地》（散文）
  【波兰】切斯瓦夫·米沃什 著　韩新忠、闫文驰 译

- 《路边狗》（散文）
  【波兰】切斯瓦夫·米沃什 著　赵玮婷 译

- 《第二空间——米沃什诗选》（诗歌）
  【波兰】切斯瓦夫·米沃什 著　周伟驰 译

- 《无止境——扎加耶夫斯基诗选》（诗歌）
  【波兰】亚当·扎加耶夫斯基 著　李以亮 译

- 《捍卫热情》（散文）
  【波兰】亚当·扎加耶夫斯基 著　李以亮 译

- 《索拉里斯星》（小说）
  【波兰】斯塔尼斯瓦夫·莱姆 著　赵刚 译

- 《遗忘的梦境——查特·盖佐短篇小说精选》（小说）
  【匈牙利】查特·盖佐 著　舒荪乐 译

- 《流星——卡雷尔·恰佩克哲理小说三部曲》（小说）
  【捷克】卡雷尔·恰佩克 著　舒荪乐、蒋文惠、程淑娟 译

- 《神殿的基石——布拉加箴言录》（箴言）
  【罗马尼亚】卢齐安·布拉加 著　陆象淦 译

- 《十亿个流浪汉，或者虚无——托马斯·萨拉蒙诗选》（诗歌）
  【斯洛文尼亚】托马斯·萨拉蒙 著　高兴 译

第四辑

- 《耻辱龛》（小说）
  【阿尔巴尼亚】伊斯梅尔·卡达莱 著　吴天楚 译

- 《三孔桥》（小说）
  【阿尔巴尼亚】伊斯梅尔·卡达莱 著　施雪莹 译

- 《接班人》（小说）
  【阿尔巴尼亚】伊斯梅尔·卡达莱 著　李玉民 译

- 《绝对恐惧：致杜卞卡》（小说）
  【捷克】博胡米尔·赫拉巴尔 著　李晖 译

- 《严密监视的列车》（小说）
  【捷克】博胡米尔·赫拉巴尔 著　徐伟珠 译

- 《雪绒花的庆典》（小说）
  【捷克】博胡米尔·赫拉巴尔 著　徐伟珠 译

- 《温柔的野蛮人》（小说）
  【捷克】博胡米尔·赫拉巴尔 著　彭小航 译

- 《无常的夏天》（小说）
  【捷克】弗拉迪斯拉夫·万楚拉 著　张陟 译

- 《赫贝特诗集（上、下）》（诗歌）
  【波兰】兹比格涅夫·赫贝特 著　赵刚 译

- 《垃圾日》（小说）
  【匈牙利】马利亚什·贝拉 著　余泽民 译

第五辑

- 《壁画》（小说）
  【匈牙利】萨博·玛格达 著　舒荪乐 译

- 《鹿》（小说）
  【匈牙利】萨博·玛格达 著　余泽民 译

- 《两座城市：论流亡、历史和想象力》（散文）
  【波兰】亚当·扎加耶夫斯基 著　李以亮 译

- 《另一种美》（散文）
  【波兰】亚当·扎加耶夫斯基 著　李以亮 译

- 《思想的黄昏》（随笔）
  【罗马尼亚】埃米尔·齐奥朗 著　陆象淦 译

- 《着魔的指南》（随笔）
  【罗马尼亚】埃米尔·齐奥朗 著　陆象淦 译

- 《乌村幻影》（小说）
  【罗马尼亚】欧金·乌力卡罗 著　陆象淦 译

- 《裸浴场上的交响音乐会——罗马尼亚20世纪小说精选》（小说）
  【罗马尼亚】诺曼·马内阿等 著　高兴等 译

- 《我行走在你身体的荒漠——立陶宛新生代诗选》（诗歌）
  【立陶宛】阿纳斯·艾利索思卡斯等 著　叶丽贤 译

- 《魔鬼作坊》（小说）
  【捷克】雅辛·托波尔 著　李晖 译

第 六 辑

- **《简短,但完整的故事》**(小说)
  【波兰】斯瓦沃米尔·姆罗热克 著　茅银辉、方晨 译

- **《三个较长的故事》**(小说)
  【波兰】斯瓦沃米尔·姆罗热克 著　茅银辉、林歆、张慧玲 译

- **《挑衅》**(小说)
  【阿尔巴尼亚】伊斯梅尔·卡达莱 著　李焰明 译

- **《娃娃》**(小说)
  【阿尔巴尼亚】伊斯梅尔·卡达莱 著　张雯琴、宋学智 译

- **《天堂超市》**(小说)
  【匈牙利】马利亚什·贝拉 著　余泽民 译

- **《秘密生活》**(小说)
  【匈牙利】马利亚什·贝拉 著　余泽民 译

- **《蓝色阁楼寻梦》**(小说)
  【罗马尼亚】阿德里亚娜·毕特尔 著　陆象淦 译

- **《两天的世界(上、下)》**(小说)
  【罗马尼亚】乔治·伯勒伊泽 著　董希骁、【罗马尼亚】梅兰(Mara Arion) 译

- **《生命边缘的女孩》**(小说)
  【罗马尼亚】米尔恰·格尔特雷斯库 著
  张志鹏、林惠芬、陈进、李昕 译

- **《希特勒金钱》**(小说)
  【捷克】拉德卡·德内玛尔科娃 著　姜蔚茜 译

第七辑

- **《致爱丽丝》**（小说）
  【匈牙利】萨博·玛格达 著　舒荪乐 译

- **《对欢乐史的贡献》**（小说）
  【捷克】拉德卡·德内玛尔科娃 著　覃方杏 译

- **《患病的动物》**（小说）
  【罗马尼亚】尼古拉·布列班 著　陆象淦 译

- **《送给头儿的巧克力》**（小说）
  【波兰】斯瓦沃米尔·姆罗热克 著　茅银辉、方晨 译

- **《去往巴巴达格》**（游记）
  【波兰】安杰伊·斯塔修克 著　龚泠兮 译

- **《伊莎贝拉的中国情人》**（小说）
  【斯洛伐克】爱莲娜·西德维格优娃 著　荣铁牛 译

- **《木屋旅馆》**（小说）
  【阿尔巴尼亚】迪安娜·楚里 著　陈逢华 译

- **《迟来的莫扎特》**（小说）
  【阿尔巴尼亚】巴什金·谢胡 著　李玉民 译

- **《弗拉迪米尔·霍朗诗歌精选集》**（诗歌）
  【捷克】弗拉迪米尔·霍朗 著　徐伟珠 译

- **《瓦斯科·波帕诗选》**（诗歌）
  【塞尔维亚】瓦斯科·波帕 著　彭裕超 译

· 部分书名为暂定，以出版时为准 ·